SHODENSHA
SHINSHO

いい加減に目を覚まさんかい、日本人！

百田尚樹
ケント・ギルバート

祥伝社新書

本書は小社より、平成二九年に単行本にて刊行された『いい加減に目を覚まさんかい、日本人！』に加筆・修正を加えて新書化したものです。

新書版まえがき

百田尚樹

この対談集は、平成二九年に行なわれたものです。しかし今読み返しても、テーマは少しも古びることなく、むしろ令和の現在、一層切実な問題として迫ってきていると感じました。

扱った話題によっては、時代を先取りして話した部分もあり、嫌な予感が当たっている部分もありました。その意味では、日本を取り巻く環境は、対談時よりも深刻さを増しているとも言えます。

平成二九年の秋にこの本を出したとき、私とケント・ギルバートさんは、

「いい加減に目を覚まさんかい、日本人！」

と声を上げました。

あれから二年、ぼんやりとではあるものの、目を覚ましつつある日本人が増えてきたように思います。たとえば、度重《たびかさ》なる韓国の横暴（旭日旗ボイコット運動、海上自衛隊の飛行

機に対するレーダー照射、応募工裁判など）に、怒りの声を上げる日本人が増えてきました。また貿易協定に違反した韓国を「ホワイト国」から除外した日本政府の決定に、国民の多くが支持を表明しました。

しかし一方で、平和ボケしている日本人が多数いることもたしかです。それに国民を目覚めさせないように蠢《うごめ》く組織があるのも事実です。その最たるものがメディアです。

この対談では、日本人を眠らせているものの正体について語っています。そしてどうすれば目覚めるか、についても語っています。

ケントさんとの対談は実にエキサイティングなものでした。

ケントさんはカリフォルニア州弁護士ですが、二〇代で日本に来て、以来四〇年以上、日本で生活しています。深い教養と幅広い知識を持ち、同時にタレント性を兼ね備えた、笑顔が爽《さわ》やかな紳士です。正義感が強く、真実に関して実に謙虚な人です。また近年は、数多くのベストセラーも上梓《じょうし》しています。年齢は私より四つ年上の六七歳ですが、尊敬する友人です。

対談時間は合計で一二時間にも及びましたが、退屈する時間はまったくありませんでした。それどころか本当に夢中にさせられました。対談中、アメリカ人ならではの鋭《するど》い意見に、何度もはっとさせられました。これは是非、皆さんも本書の中で確かめてほしいと思います。

もうひとつ感じたのは、ケントさんは日本をとても好きだということです。言葉の端々《はしばし》に、心から日本という国を素晴らしいと思ってくれているのがわかりました。彼はアメリカで暮らした時間よりも、既に日本で暮らした時間のほうが長くなっています。日本語も流暢《りゅうちょう》に話します。それだけに、戦後のアメリカ軍が行なった「ウォー・ギルト・インフォメーション・プログラム」（WGIP）に対する怒りと贖罪《しょくざい》意識は、非常に強いものがあります。WGIPに関しては、第五章で詳しく語っています。

そんなケントさんに、休憩の雑談中、「いつかアメリカに帰ろうと考えていますか」と訊《たず》ねたことがあります。そのとき、彼は一瞬困ったような表情を浮かべました。

「いつかはアメリカに帰る日がやって来ると思ってはいるんですが――」

そう言いましたが、具体的な時期や年齢のことは考えていないようでした。

私はその様子から、なんとなく、ケントさんは老後も日本で暮らしていきたいと思っているように見えました。もしかしたら、心のどこかで、この日本で骨を埋《うず》めたいと考えているのではないでしょうか。

つまり、彼はそれほどまでに日本という国を愛しているのです。だからこそ、日本のことを語ると熱くなるのです。現在の日本が歯がゆくてならないのです。これは反日の在日コリアンと正反対です。在日コリアンたちは日本生まれ日本育ちの三世、四世で、その多くが朝鮮語を話せません。また祖国へ戻る気もなければ、仮に戻っても生活できません。つまり死ぬまで日本で暮らしていかねばならない運命です。にもかかわらず、日本を愛そうとせず、反日運動に懸命になっている在日コリアンが少なくありません。まるでケントさんとは正反対です。

ケントさんと話していると、私以上に日本を愛しているのではないかと思うことがしばしばありました。それだけに厳しい言葉も飛び出しましたが、それらは愛の鞭《むち》とも言えるものでした。私は今回のケントさんとの対談で、愛国心とは何か、ということを何度も考えさせられました。

ところが、そんなケントさんが対談中に、「日本を出てアメリカに帰る」と言った瞬間がありました。

それは「将来、日本が経済的に落ち込み、アメリカが日本よりも中国と手を結んだほうが得だ」という政策転換をしたら、という仮定の話をしたときのことです。ケントさんは即座に「そうなれば、私はお役御免《やくごめん》です」とはっきり言いました。しかし、それを言うときのケントさんの顔は悲しそうでした。私はケントさんを失望させてはならないと思いました。そして彼に「いつまでもこの国に住んでいたい！」と思ってもらえるようにしたいと心の中で誓いました。

今回の対談は政治的なテーマがほとんどでしたが、もし次の機会があるなら、ケントさんと音楽や映画や小説、あるいは芸術や科学などについて、楽しい話をしたいと思っています。

令和元年九月

目次

第二章

儒教に囚《とら》われた国・韓国が鬱陶《うっとう》しい

第三章 侵略国家・中国が日本を狙う

第四章　メディアは日本の敵だ

第五章　平和ボケした日本人が戦うときが来た！

協力／杉本達昭
編集協力／仙波　晃

第一章

いつまで平和ボケしているつもりだ、日本人！

講演会を中止に追い込んだ怪《あや》しげな組織

ケント　アメリカ合衆国憲法・修正条項・第一条では、言論の自由が保障されています。近代民主主義国家にとって最も重要な事柄だからこそ、憲法の「権利章典」の最初の規定で保障しています。そのためアメリカ人は、言論の自由がない国を先進国とは認めません。それは日本国憲法も同様で、第二一条で言論や表現の自由を保障しています。ところが、昨今の日本では「ヘイトスピーチ」（憎悪表現）や「レイシズム」（人種差別主義）を理由に、言論を弾圧する動きがあるようです。百田さんの講演会が中止に追い込まれたのは、それを象徴する出来事でしたね。事件のあらましをお話しいただけますか。

百　田　二〇一七年六月一〇日に開催された一橋《ひとつばし》大学の学園祭「ＫＯＤＡＩＲＡ祭」のイベントの一つとして、私の講演会が予定されていました。しかし、一部の団体の執拗《しつよう》な反対運動によって中止に追い込まれたのです。

　私のもとに講演会の依頼が来たのは、前年一二月のことでした。学園祭の実行委員会からではなく、講演などを企画する会社から連絡がありました。私はこれまで二〇〇回以上の講演を行なっていますが、大学で若者に向かって話したことはなかったので、いい機会だと思い格安で引き受けました。

翌二〇一七年四月になると、大学内では講演会を告知する看板が設置されました。するとその直後から、「レイシストの百田尚樹に講演させるわけにはいかない」という理由により、実行委員会に「講演中止」を求める声が寄せられるようになったのです。

ケント　私は今まで百田さんと何度もお会いして、一緒に対談したこともありますが、アメリカ人弁護士として断言します。百田さんのことをレイシストだと感じたことは一度もありません。ちなみに講演会では何を話す予定だったのですか？

百　田　テーマは「現代社会におけるマスコミのあり方」でした。

ケント　レイシズムとはまったく無関係ですね。どのような団体が抗議していたのでしょうか？

百　田　一橋大学の学生らで構成された「反レイシズム情報センター」（ARIC）という団体です。実行委員会は、メディアがテーマの講演会であることを何度も説明したそうです。にもかかわらず、ARICのメンバーは「百田氏が講演会をすることは差別煽動《せんどう》になる」という主張のもと、独自のルールを作って、実行委員会に以下の要求を突きつけてきました。

〈百田尚樹氏講演会『現代社会におけるマスコミのあり方』に関しては、百田氏が絶対に差別を行わない事を誓約したうえで、講演会冒頭でいままでの差別扇動を撤回し今後準公人として人種差別撤廃条約の精神を遵守《じゅんしゅ》し差別を行わない旨を宣言する等の、特別の差別防止措置《そち》の徹底を求めます。同時にこの条件が満たされない場合、講演会を無期限延期あるいは中止にしてください〉

ケント　ずいぶん一方的で、ひどい要求内容ですね。

「反レイシズム情報センター」（ARIC）の正体

百　田　当然、実行委員会はこの要求をはねつけました。しかし、ARICはその後も執拗に実行委員会に中止要請を行なう一方で、大学の構内で教員に働きかけたり、「講演反対」の署名運動までしていたのです。

また、ARICは実行委員会に対して、以下のような脅《おど》しに近い言葉を使ったといいます。

「われわれとは別の団体の男が講演会で暴れるかもしれないと言っている。負傷者が出たらどうするのだ？」

他にも外国籍のある女子学生からは「百田尚樹の講演を聞いて、ショックを受けて自殺するかもしれない。そのときは、実行委員会はどう責任を取るつもりなのか？」という発言があったそうです。悪質なクレーマーのようなセリフです。私に対してレイシストというレッテルを貼り、「レイシストに対しては何を言ってもいい」「レイシストの発言はすべて抹殺してもいい」というスタンスを取っているように感じました。

執拗な抗議活動が続いたため、実行委員会から「百田さん、どうしましょうか」という相談を受けました。私は「自分から中止を申し出ることはないので、開催に向けて頑張ってください」と回答しました。しかし、実行委員会のメンバーは大学一、二年生が中心です。二〇歳前後の若者が、ＡＲＩＣの圧力を約二カ月にわたって受け続けたのです。精神的に疲弊《ひへい》していったようで、ノイローゼ状態になった人や、泣き出す女子学生までいたといいます。そのような状況でも、実行委員会は開催に向けて頑張ってくれました。万一に備えて警備会社に警備を依頼することも検討しました。しかし、ＡＲＩＣの執拗な圧力を考慮すると、警備の規模を大きくせざるを得ず、他のイベントに支障を来《きた》す危険性もあります。それはあまりにもリスクが高すぎるということで、六月二日の夜に講演会の中止が決まりました。

ケント　信じられない話だ。そもそもＡＲＩＣとはどんな団体なのですか？

百　田　代表は一橋大学大学院生の梁《リャン》 英聖《ヨンソン》という人です。梁氏は二〇一六年一二月に『日本型ヘイトスピーチとは何か　社会を破壊するレイシズムの登場』（影書房）という本を出版しています。出版社のホームページによると、「在日コリアン3世世代」なのだそうです。一九八二年生まれなので三〇代半ばになります。

梁氏はもともとは「在日コリアン青年連合」という組織に所属し、二〇一五年三月にＡＲＩＣを設立しました。大学院では「韓国挺身隊《ていしんたい》問題対策協議会」（挺対協）と関係の深い教員の指導を受けているそうです。

ケント　挺対協はソウルの日本大使館前に慰安婦像を設置した団体で、近年はアメリカでも像設置運動を展開しています。北朝鮮の意向が強く働いているという話もあり、二〇一四年五月二四日の産経新聞の報道によれば、〈「北朝鮮工作機関と連携し、北朝鮮の利益を代弁する親北団体」として、韓国治安当局が監視してきた〉そうです。はっきり言ってとんでもない団体ですよ。

百　田　今回の事件を受けて、私もＡＲＩＣについていろいろと調べてみたのですが、同団体は、メンバーが「レイシスト」と定めた人物の情報をデータベース化して、ホームページで公開しているのです。ホームページでは同団体の活動内容を以下のように説明しています。

〈反レイシズム情報センター（ARIC）では、人種差別撤廃条約が日本政府に義務付けているレイシズム撲滅推進の一助とすることを目的に、学生ボランティアチームが中心となって、政治家等公人によるヘイトスピーチ（差別煽動）をはじめとしたレイシズムの調査・記録を継続的に行っています〉

リストには安倍《あべ》首相、石原《いしはら》元都知事の名も

ケント　レイシストとしてどんな人物名が載っているのですか？

百　田　二〇一九年八月末の時点で二八四名の合計五八七四を超える発言が掲載されていました。二八四名の中には安倍晋三《しんぞう》首相や石原慎太郎《しんたろう》元都知事、そしてもちろん、私の名前もありました。

試しに私の項目を見ると、九〇の発言が掲載されていました。例えば二〇一三年八月一六日にツイッターでつぶやいた発言がありました。
〈特攻隊員たちを賛美することは戦争を肯定することだと、ドヤ顔で述べる人がいるのに呆《あき》れる。逃れられぬ死を前にして、家族と祖国そして見送る者たちを思いながら、笑顔で死んでいった男たちを賛美することが悪なのか。戦争否定のためには、彼らをバカとののしれと言うのか。そんなことできるか！〉

ケント　その発言のどこが差別的なのでしょうか？

百　田　わかりません。安倍首相の発言は三二も掲載されていましたが、どれも差別的とは言えないものばかりでした。二〇一四年八月、朝日新聞が慰安婦問題をめぐる記事の誤りを認め、取り消しました。翌月一四日に「日曜討論」（ＮＨＫ）に出演した安倍首相は、その件について以下のように語りました。
「世界に向かってしっかりと取り消すことが求められている。朝日新聞自体がもっと努力していく必要がある」
　ＡＲＩＣに言わせると、これも差別的な発言に当たるようなのです。

ケント　きわめて真っ当な意見だと思いますが……。

百　田　石原氏の発言に至っては六三も掲載されており、都知事時代の二〇〇一年九月、米ワシントンのハドソン研究所主催の講演会で語ったという次の発言が載っていました。
「現在の中国は軍事力を背景にした唯一の帝国主義だ」
「尖閣《せんかく》諸島を中国が領有すればアジアは壊滅的な状況になる」

ケント　事実や正論を述べると差別になるのでしょうか？

百　田　彼らの基準がわかりません。データベースに掲載されたすべての記録を読んだわけではありませんが、中国人や韓国・朝鮮人に関する発言、あるいは中国、韓国、北朝鮮の政策に対する批判を差別だと判断しているように感じました。

ケント　そのような団体が百田さんの講演会を中止に追い込んだのですね。はっきり言って嫌がらせとしか思えません。

「反レイシズム」に見せかけた言論弾圧が始まっている

百　田　ただ、この一件は大きな反響を呼ぶことになり、「とんでもないことだ」という声も多く寄せられました。そんな中、日本外国特派員協会からも連絡があり、「この件についてスピーチしてもらいたい」と要請を受けたのです。

同協会は一九四五年の終戦に伴い着任した新聞社、通信社、雑誌社、ラジオ局に勤務するジャーナリストらによって創立された団体で、反日的な一面があることは否《いな》めません。日本のことを悪く言う傾向があるのです。

記者会見の当日、私は日本語で話をしたのですが、取材に来るのは外国人記者ばかりなので、会場には通訳者が入りました。もしその通訳者が恣《し》意《い》的におかしな通訳をしたら、間違った情報が世界に発信されることになります。だから私は、事前にケントさんに助っ人をお願いしていました。それと英語が堪能なジャーナリストの有本香《ありもとかおり》さんにも来てもらいました。

ケント　ええ、当日は会場に行きました。おかしな通訳をしたら指摘するつもりでした。

百　田　そうして迎えた二〇一七年七月四日、私は東京・有楽町《ゆうらくちょう》の日本外国特派員協会で事件の一連の流れを詳しく話し、それから記者の質問に答えました。この日はお笑いの要素は一切封印して、真面目に話しました。記者会見が終わったときに、ケントさんは「パーフェクトだった」と言ってくれましたね。

ケント　本当にパーフェクトなスピーチでした。

百田　通訳者は「ケントさんがいたので非常に緊張しました」と言っていました。

ケント　とても真摯《しんし》に通訳していましたよ。

百田　会場にはたくさんの外国人記者が取材に来ていました。しかし残念なことに、この一件が海外のメディアで報道されたという話は聞いていません。完全に黙殺されてしまったようです。私はいったい何のためにスピーチしたのでしょうか。

同協会の記者たちは、私の失言を待っていたのではないかという嫌な見方もできます。スピーチでは特に失言などはなかったため、彼らは報道してくれなかった可能性もあるのです。

ケント　しかし、ＡＲＩＣの行動は「反レイシズム」に見せかけた言論弾圧以外の何物でもなく、まともな民主主義国家では許されない。このまま風化させてはなりません。

百田　確かに今回の件は恐ろしいものを内包しています。これが前例となり、ＡＲＩＣのような団体が、自分たちの気に入らない人物の言論を封じてしまうというようなことが繰り返される危険性があるからです。

ちなみにＡＲＩＣは、二〇一七年一〇月の衆院選の直前に、「２０１７衆院選へイト政治家データベース」と題して、彼らが勝手に定義する「極めて悪質なヘイトスピーチを繰り返す政治家」をホームページに発表しました。ちなみにそれらの政治家のかなりが、「いわゆる従軍慰安婦の強制がなかった」という正しい発言をした人たちです。ここらあたりにARICの本質が見えています。

さらにARICはどんな手を使ったのかわかりませんが、FIFA(国際サッカー連盟)が実施している監視プログラムに参加しています。どんな恣意的な報告がされているかわかったものではありません。

おかしな逆差別。中国人や韓国人が言ったことにはお咎《とが》めなし

ケント　言論を封殺する動きは加速しています。二〇一六年六月には「ヘイトスピーチ解消法」が成立しました。

百　田　ケントさんはこの法律をどう感じていますか?

ケント　特定の人種や民族への差別を煽《あお》るのがヘイトスピーチだとされていますが、その定義は曖昧《あいまい》なままです。にもかかわらず規制するのは、おかしいのではないでしょうか。

ちなみにヘイトスピーチはアメリカで誕生した言葉です。そもそもは同性愛者に対する差別的な発言を指していました。しかし、日本人の多くは、ヘイトの意味を理解していないのです。だから同性愛に対する差別的な発言をヘイトスピーチだと言う日本人はいません。

百　田　その言葉が日本に上陸して、今どんどん拡大解釈されています。

ケント　なんでもかんでもヘイトスピーチだと言われる世の中になってきていますね。

百　田　特に中国人や韓国人を批判する発言は、たとえ正論でもヘイトスピーチに分類される傾向があります。しかし問題なのは、中国人や韓国人が日本人に何を言ってもお咎《とが》めなしだということです。その証拠に、「ヘイトスピーチ解消法」の条文では、基本理念として以下のように謳《うた》っています。

〈国民は、本邦外出身者に対する不当な差別的言動の解消の必要性に対する理解を深めるとともに、本邦外出身者に対する不当な差別的言動のない社会の実現に寄与するよう努めなければならない〉

これはおかしな逆差別ですよね。また、現在沖縄の米軍基地前では、基地に反対する活動家による激しい嫌がらせが行なわれています。彼らは米軍基地関係者に向かって「ヤンキー・ゴー・ホーム」などと叫んでいます。当然、米軍基地関係者はアメリカ人なので「本邦外出身者」に該当します。しかし、活動家が何を言っても、それはヘイトスピーチにはならないのです。結局、中国人や韓国人に対する批判ばかりがヘイトスピーチになっています。

ケント 不思議ですね。法律名を変えてもらいたいくらいです。

百　田 ヘイトスピーチ解消法は非常に危険な法律です。この法律の施行を喜んでいる在日コリアンは、これを橋頭堡《きょうとうほ》として、一歩一歩、言論封殺に進んでいこうとしているようです。「ヘイトスピーチ」という言葉は、すでに言論を脅《おびや》かす存在になっています。

二〇一九年に、川崎市が「ヘイトスピーチ条例」に、従来はなかった刑事罰を科すということを市議会に提示しました。二〇一六年に「ヘイトスピーチ解消法」ができたとき、罰則がないから問題ないかと思って甘く見ていると、こんなふうにいつのまにか罰則が付け加えられる条例が作られるという、恐ろしい状況になっています。

「悪法は小さく生んで大きく育てる」という典型的な例です。

ケント 前述の通り、日本国憲法第二一条では言論や表現の自由を保障しています。だからヘイトスピーチ解消法は憲法違反に当たるはずです。最高裁で議論すれば、おそらく憲法違反だという判決が出るのではないでしょうか。

百田　仮に誰かが差別的な発言をしたときに、ヘイトスピーチだと騒ぐならまだわからないでもありません。しかし、まだ何も発言をしていない段階で、レイシストだというレッテル貼りをして、発言する機会を奪《うば》おうとするのはおかしい。私の講演会を中止に追い込んだARICがまさにそうでした。ヘイトスピーチ解消法が施行されてから、そのようなケースが増加しているように感じます。

ケント　「レイシズム＝ヘイトスピーチ」という解釈をしているのですね。でも、それは少し違います。レイシズムというのは人種差別主義のことで、ヘイトとは別物です。しかし、ヘイトスピーチを理由に言論の自由を奪おうとしている勢力は、この二つの言葉をわざと混同してプロパガンダ（政治的宣伝）にしています。

ちなみに拙著『儒教に支配された中国人と韓国人の悲劇』（講談社）は、「羽鳥慎一《はとりしんいち》モーニングショー」（テレビ朝日）でご活躍中のジャーナリスト、青木理《あおきおさむ》氏から「ヘイト本」という評価を受けました。ものすごく褒《ほ》められたような気分です（笑）。

百田　サヨクの青木氏に否定されるということは、逆に喜んでいいかもしれません（笑）。私も彼から、全然ヘイトでもなんでもない発言をヘイトだと「サンデー毎日」に書かれたことがあります。

ケント　私はこの本で、儒教に囚《とら》われた中韓の問題点を指摘しただけであり、差別は一切していません。

百田　私も拝読しましたが、差別的なものは何もありませんでした。ところが、日本では中国や韓国に対して真っ当な批判をすることさえ許されないのです。

ケント　客観的事実や意見を言うとヘイトスピーチになるのは本当におかしいですよね。

百田　個人に対する名誉毀損《めいよきそん》は現行法で裁けばいいのであって、ヘイトスピーチは関係ないでしょう。定義のあやふやなまま、言論を制限するような法律を作るべきではありません。

ケント　アメリカでは、何を言っても、それが事実なら名誉毀損にはなりません。しかし日本では、たとえ事実であっても、名誉毀損になるケースがありますね。

百田　過去に犯罪を犯した人に「お前、前科があるやろ」と指摘すると、たとえそれが事実でも名誉毀損になるかもしれません。また、「お前、朝鮮人やろ」と言うのも駄目でしょうね。「お前、アメリカ人やろ」と言っても、おそらく名誉毀損にはなりませんが、「朝鮮人」だと名誉毀損になる可能性があります。

ケント　アメリカも似たような話はあり、黒人が「白人は嫌いだ」と言っても大丈夫ですが、逆に白人が「黒人は嫌いだ」と言うとレイシストだと批判されることになります。

百　田　明確な基準はあるのですか？

ケント　社会的弱者とされる人を批判するのが差別になります。ただ、何をもって社会的弱者なのか、その定義は曖昧ですよ。

百　田　それはヘイトスピーチ解消法と似ているかもしれません。日本では社会的弱者とされる在日コリアンに対する批判が許されないのです。犯罪を行なった在日コリアンを批判してもヘイトと言われることも珍しくありません。

シャーロッツビル事件の真実

ケント　先ほど、アメリカでは、言論の自由がない国は先進国とは認めないと言いました。しかし、実はアメリカにも、レイシズムを理由に保守派の言論を封殺する動きがあるのです。

近年、アメリカの大学では、保守派の人物が排除されています。百田さんと同じように、講演会が中止に追い込まれたケースもあります。当然、これはリベラルの連中が主導しているのですが、彼らは保守派の言論だけでなく、アメリカの文化・歴史まで標的にして、破壊活動をしているのだから看過《かんか》できません。

二〇一七年の夏、アメリカでは、南北戦争の南軍司令官、ロバート・E・リー将軍の像をめぐって大騒動になりました。

百　田　日本でも大きく報道されました。

ケント　リベラルの連中は、リー将軍の像やモニュメントを撤去しようとしています。なぜそのようなことをしているのか。リー将軍は南軍を指揮した人物です。そして南軍は奴隷制度の維持を求めていた。だからリー将軍はレイシストだというのが彼らの言い分なのです。彼らの活動により、リー将軍の名前を冠した施設の名称が変わったという事例もあります。

そして彼らは米バージニア州シャーロッツビルの公園に設置された像も標的に定め、実際に同市では、この像を撤去する計画が持ち上がりました。すると、撤去に反対する勢力と賛同する勢力が押し寄せ、乱闘事件に発展したのです。

撤去に反対したのは白人至上主義を掲《かか》げる「クー・クラックス・クラン」（ＫＫＫ）で

す。この団体に所属するメンバーは、はっきり言えばレイシストです。ちなみにＫＫＫは、一九二〇年代半ばには四〇〇万人規模の会員を抱える大きな団体でしたが、一九三〇年までに三万人まで減り、現在は三〇〇〇人から六〇〇〇人程度しかいないと言われています。

百田　百年前は猛威をふるいましたが、現代では潰《つぶ》れかけの団体ですね。

ケント　本当に潰れてしまえばいいと思います。

シャーロッツビルには、建国の父の一人である第三代アメリカ大統領のトーマス・ジェファーソンが設立したバージニア大学があります。そのような由緒正しい街なのに、ＫＫＫのデモを許可したのは驚きでした。許可が下りた理由の一つは、ＮＧＯ団体「アメリカ自由人権協会」（ＡＣＬＵ）が後押ししたからです。ＡＣＬＵは超がつくほどリベラルな団体で、ＫＫＫとは正反対の考えを持っているのですが、言論の自由を守ることを目的に活動しています。そのため、たとえＫＫＫのデモであっても、許可すべきだと訴えたのです。この後押しもあり、ＫＫＫのデモは市内の公園で開催されることになりました。

百田　自分たちの思想と主張が違っても言論の自由を守るというのは、ある意味で筋が通っています。ＡＲＩＣとはえらい違いですね。

ケント　確かにそうですね。ただし、トラブル発生を望んで後押しした可能性もある。
そうして迎えたデモ当日、会場となった市内の公園には、ＫＫＫのメンバーが集まったのですが、撤去に賛同する左派系団体「アンティファ」のメンバーが、カウンターとして乱入してきました。アンティファはかなり暴力的な連中で、同じ場所でのデモの許可を取っていなかったにもかかわらず、ＫＫＫのデモを妨害するためシャーロッツビルまでやってきたのです。
狭い公園でＫＫＫとアンティファのメンバーが対峙《たいじ》すると、すぐに乱闘に発展しました。どちらが先に手を出したのかはわかりませんが、アンティファの連中はヘルメットを被《かぶ》って、バットを持っていました。

百　田　最初からやる気満々だったのですね。アンティファは「アンチ・ファシスト」の略ですが、ずいぶん暴力的なのですな。

ケント　そうなんです。対するＫＫＫは、白装束に三角白頭巾《ずきん》のいつもの格好でした。ただ、ＫＫＫには「ミリシア」という民兵がついていました。ミリシアとは、暴力で政治主張を押し通そうとする反国家権力武装組織です。もちろん、ミリシアの連中は武器を保有しています。また、私的に軍事訓練もしているので、本当に厄介《やっかい》な存在です。二〇一六年にはオレゴン州でＦＢＩと武力衝突したこともあり、二〇一五年の時点で、全米で二七六団体があったと言われています。

ミリシアの過激で暴力的な活動は、一九九二年八月アイダホ州で起きた「ルビー・リッジ事件」から始まりました。そこで活動家の妻と一四歳の子供、そして連邦保安官が射殺されて、さらに活動家本人と子供の友人一人が負傷しました。政府のお粗末な対応が当時のジョージ・Ｈ・Ｗ・ブッシュ政権の信用を大きく傷つけました。

余談ですが、以前ミリシアのメンバーと東京で会ったことがあります。彼は「国家権力を認めない」──「国家に縛られる理由がない」という考えを持ち、アメリカでも日本でも納税を拒否して、やがて脱税のためにニュージーランドに移住したそうです。あまりまともな連中ではないということが、よくわかるかと思います。

百　田　そういう話を伺《うかが》うと、今、本当に世界は混乱しているのがわかりますね。すべてが単純に割り切れなくなっています。何が善で何が悪か、どちらが味方で敵なのかもすぐにはわかりません。

ケント　そのような連中がＫＫＫ側につき、アンティファと殴《なぐ》り合ったのです。そして乱闘が続く中、ＫＫＫ側の男が車で暴走し、弁護士助手のヘザー・ハイヤーさんが犠牲になってしまいました。

歴史をさかのぼって、その時代の文化を否定する愚

ケント　ドナルド・トランプ大統領は、事件の翌日の土曜日、この乱闘事件について「多方面に存在するとてつもなくひどい憎悪、偏見、暴力を最も強い言葉で非難する」と語りながら、純粋にリー将軍の像を残したいと考える人も中にはいたと指摘しました。しかし米メディアは、声明は曖昧な内容であり、人種差別への問題意識が不十分だとして大きく批判しました。要は「トランプはKKKを擁護《ようご》した」と報道したのです。

トランプ大統領は、KKKを擁護したわけではなかったのですが、ホワイトハウスは次の声明を出してフォローしました。「大統領はあらゆる形態の暴力、偏見、憎悪を非難したが、それにはもちろん、白人至上主義者やKKK、ネオナチと、すべての過激主義者の集団が含まれている」。そして、月曜日には、はっきりとKKKおよび白人至上主義者を絶対に認めないと断言して、「多方面」という言葉を削除した声明を出しました。しかし、今度は左派の責任を問題にしないことに対し保守派が強く反発しました。

それで、その翌日の火曜日にニューヨークのトランプタワーで行なわれた記者会見では、また、トランプ大統領は、両方の団体に責任があるということを改めて語りました。

リベラルと呼ばれる連中の悪いところは、善か悪かの二元論で物事を捉えていて、「自分は常に一〇〇パーセントの善である」という子供じみた思い込みから卒業できていないことです。残念ながら、日米ともそんな連中が主要メディアを牛耳《ぎゅうじ》っているから、この一件でトランプ大統領はメディアから集中砲火を浴びたわけですが、トランプ支持者が減ったかといえば、そんなことはありません。

この事件からわかるのは、保守派の人物や、アメリカの文化・歴史を守ろうとする人物をレイシストだと批判することが、リベラルの間で一つのムーブメントになっているということです。リー将軍の像を排除することもその一環なのです。

百田　レイシストを非難するのは間違っていませんが、それを歴史にさかのぼって応用するのは違うような気がしますね。

ケント　リベラルの連中がレイシストだと責めているリー将軍は、エイブラハム・リンカーンが北軍の司令官に任命しようとしていた人物です。しかし、リー将軍は、最終的には南軍の司令官になることを選びました。だからといって、リー将軍がレイシストだったわけではありません。彼はバージニア州に対して大きな愛郷心を抱いていたのだと思います。

百　田　アメリカは誕生して間もない国ですし、国家意識があやふやですよね。だからリー将軍はアメリカに対して意識を持つのではなく、自分の住む州に対する意識を持ったのでしょうね。

それにしても、歴史をほじくり返してレイシストだと糾弾《きゅうだん》するのはいかがなものでしょうか。

ケント　確かに人種差別はいけないことです。しかし、南北戦争は奴隷制度存続の是非という、まさに人種差別をめぐる戦いそのものでした。つまり、アメリカの歴史から人種差別を切り離すことはできないのです。だからこそ、リー将軍をレイシストだと罵《ののし》って像を撤去するのではなく、負の歴史と向き合うことが大切なのではないでしょうか。

百　田　その通りです。現代の思想や考えで、歴史上の人物を糾弾するのは間違っていると思います。ましてその時代の文化を否定するなどはもってのほかです。そんなことを言い出せば、あらゆる歴史上の人物を否定しなければならなくなります。

ケント　建国の父であり、初代大統領のジョージ・ワシントンも、独立宣言を起草した第三代大統領のトーマス・ジェファーソンも、奴隷を所有していました。独立宣言書に署名した五六人のうち四一人は奴隷を所有していたのです。つまり、人種差別の歴史をすべて消そうと思ったら、リー将軍の像だけでなく、ワシントン記念塔やジェファーソン記念館まで取り壊さなければならなくなります。実は、アメリカ合衆国の国立墓地および、戦没者慰霊施設は、リー将軍の妻の一族が所有していた土地の上に設けられています。

アメリカのリベラルの連中は、建国の歴史まで抹消《まっしょう》するつもりなのか。この件について私なりに考えたのですが、いまリベラルがやっていることは、「アメリカ版文化大革命」なのです。

文化大革命が巻き起こった中国では、旧《ふる》い文化の破壊を叫ぶ紅衛兵《こうえいへい》によって、多くの文化財が壊されてしまいました。米サウスダコタ州のラシュモア山にはジョージ・ワシントン、トーマス・ジェファーソン、エイブラハム・リンカーン、セオドア・ルーズベルトの彫像がありますが、いつかこの彫像が破壊されることになるかもしれません。

上映禁止となった名作『風と共に去りぬ』

百　田　ケントさんの言われるアメリカ版文化大革命の影響は、芸術作品にも出ていますね。例えば一九三九年製作の名作映画『風と共に去りぬ』は、現在アメリカで上映禁止になっています。

この作品の舞台は南北戦争時の米南部で、黒人奴隷が出てきます。その描き方がレイシズムに当たるというのが上映禁止の理由です。しかし、映画からレイシズムの要素は感じません。マーガレット・ミッチェルの原作を読むと、奴隷に対してもっと差別的な表現をしています。映画はユダヤ人のデヴィッド・O・セルズニックがプロデューサーを務《つと》めたため、差別的な表現を省《はぶ》いて製作したのだと思います。しかし、今日では黒人奴隷が出てくるという理由だけで上映禁止処分になってしまいます。あんな名作を上映禁止にするなんて、アメリカの文化と歴史の一部を抹消しているようにさえ感じます。

ケント　現代のアメリカでは、そのような事例が多くありますね。

百　田　実は日本でも、昭和五〇年代から六〇年代にかけて、似たようなことがありました。

スコットランドの絵本作家、ヘレン・バンナーマン作の『ちびくろサンボ』という絵本があります。この作品の日本語版は、岩波《いわなみ》書店などさまざまな出版社から出版され、私も子供の頃に読みました。長年、日本の子供たちに親しまれてきた作品なのですが、長い間絶版状態です（現在、瑞雲舎より『ちびくろ・さんぼ』として刊行）。

ケント　〝The Story of Little Black Sambo〟ですね。アメリカではいち早く書店から姿を消しました。ところが来日したら、まだ本屋で売っていたのでびっくりしましたよ。

日本で絶版になったのは一九八八年です。米紙ワシントン・ポストで、日本での黒人差別問題を指摘する記事が掲載されたのをきっかけに、絶版になったのです。当時の日本人は、この作品が黒人差別に当たるとは考えていませんでした。

百　田　他にも差別を理由になくなったものがあります。例えばカルピスの商標です。カルピスは大正時代に誕生した、長い歴史を誇る飲み物です。以前はパナマ帽をかぶった黒人男性がストローでグラス入りのカルピスを飲んでいるイラストが商標でした。これは第一次世界大戦後のドイツで苦しむ画家を救済するために、当時の社長が開催した「国際懸賞ポスター展」で、三位を受賞したドイツ人デザイナーによる作品を使用したものです。しかし、このイラストが黒人差別に当たるという指摘を受けて、一九八九年から使われなくなったのです。これらは完全に行きすぎた行為です。間違っています。
ケント　誰から指摘を受けたのですか？
百　田　大阪・堺市《さかい》にある「黒人差別をなくす会」という団体です。現在はあまり活動をしていないようですが、一九九〇年前後に盛んに活動していました。『ちびくろサンボ』が絶版になったのも、カルピスの商標が変わったのも、この団体が一役買いました。
　この団体は結成当初、親子三人で運営していました。当時小学校だった子供は漫画を読んで、差別的な表現を探していたそうです。手塚治虫《てづかおさむ》氏の作品も標的になりました。『ジャングル大帝』などアフリカを舞台にした作品だけでなく、現代ニューヨークが舞台の作品で、肌が黒く、唇が厚く描かれた黒人キャラクターが描かれていると、それだけで差別に当たると指摘していたのです。漫画家である手塚氏は人種的特徴を描いただけなのですが、それさえ問題視され、多くの作品が出版できない時期もありました。
ケント　アメリカでは『トム・ソーヤーの冒険』や『ハックルベリー・フィンの冒険』などは、もう子供たちには読ませなくなりました。黒人奴隷が出てくるからです。黒人に対して、差別的な呼称を使っている場面もあります。その呼称は、現代では絶対に使ってはならない言葉です。

百　田　「ニガー」という言葉ですね。マーク・トゥエインの原作では、その言葉が出てきますよね。昔も差別的な意味でしたが、当時の社会では普通に使われていた言葉です。

ケント　繰り返しになりますが、人種差別は絶対に許されないことです。しかし、人種差別撤廃を訴えるあまり、言論の自由や表現の自由が奪われるのは問題ですよね。

「ポリコレ」とは歴史と文化を否定すること

百　田　最近、流行《はや》りの言葉で言えば、ポリティカル・コレクトネス（偏見や差別を含む表現を是正すべきとする考え方）、いわゆる「ポリコレ」というやつですね。

ケント　それがアメリカ人を苦しめています。

百　田　ポリコレは白人以外の人種や、キリスト教徒以外の人、あるいは同性愛者など「マイノリティー（少数派）」とされる人を保護するのは正しいという考えですが、ポリコレが行きすぎたものとなり、アメリカ国民、特に白人の表現の自由、言論の自由を奪っています。

ケント　それだけでなく、少しでも白人を擁護するような意見を言うだけで、レイシストのレッテルが貼られてしまいます。その結果として、保守派に対する弾圧、白人に対する弾圧が行なわれているのと同じです。

百　田　そういった傾向は最近の映画などで顕著ですね。二〇一七年には『美女と野獣』の実写版映画も公開されました。この作品は中世のヨーロッパが舞台ですよね。それなのに黒人のキャラクターが登場しました。中世のヨーロッパに黒人が生活をして、白人と一緒にダンスを踊るはずがありません。しかし、黒人俳優を起用しないと差別になるという理由で、不自然なまでに歴史的状況を変えてしまうのは、明らかにやりすぎです。

ケント　リベラル色の強い映画界はバランスを重んじるあまり、黒人のキャラクターを出さないわけにはいかなくなっていますね。

百　田　一九四〇年代から五〇年代のアメリカ映画を見ると、黒人はほとんど出ていません。それも異常ですが、逆に現代のアメリカ映画は「アメリカって黒人がこんなに多いんかい？」と感じるほど、黒人ばかり出てきます。明らかに人口比率以上です。刑事ものでコンビを組ませたら、片方は必ず黒人俳優が演じます。

ケント　いま、映画界で問題になっているのは、アジア系のキャラクターが少ないという点です。それで二〇一八年八月に「Crazy Rich Asians」（日本語版で『クレイジー・リッチ！』）がリリースされました。ハリウッド映画であるにもかかわらず、主要キャストにアジア系の俳優だけを起用するという試みは大いに称賛されて、多くの賞を取りました。しかし「不徹底」が批判されることもあった。具体的に言うと、一部の中国人役にハーフを起用したこと、マレー人やインド人が登場しなかったという指摘がありました。

それから、主人公は男性ばかりで、女性が少ないという意見も出ています。人種も性別も、なんでもかんでも平等にしようとしているのです。それは映画界に限ったことではなく、リベラルの連中の共通意識です。彼らは人間の特徴を奪って同じ型にはめようとしています。そうすることが平等だと考えているのでしょう。しかし、それは大きな間違いです。平等というのは、みんなを同じにすることではなく、みんなが違うということを認め合うことです。アメリカのポリコレは、もはや手遅れと言ってもいいくらい、完全に行きすぎたものとなってしまいました。

しかし、そんな状況に嫌気がさして多くの国民が立ち上がった。それがトランプ大統領の誕生に繋《つな》がりました。彼は脱ポリコレに挑戦しています。

百　田　行きすぎたポリコレは歪《ゆが》んだ文化、異常な社会ですからね。

ケント　ポリコレをビジネスにしている連中がいるのも問題です。アメリカで生活するヒスパニックの大半は、自分のことを白人だと思っています。しかし、中には「私は白人ではない」「社会的弱者だ」「マイノリティーだ」と訴え、生活保護などの社会保障を求めている人がいます。また、リベラルの連中はこういった人を利用しているのです。いわゆる「被害者ビジネス」というやつです。

百田　日本で暮らす在日コリアンが、マイノリティーであることを政治利用しているのと同じ構造ですね。例えば近年は朝鮮学校の無償化を訴えていますが、その理由として、朝鮮学校が無償ではないのは人種差別だという主張をしています。しかし、朝鮮学校は国の条件を満たした一条校ではありません。一条校とは学校教育法・第一条で幼稚園、小学校、中学校、義務教育学校、高等学校、中等教育学校、特別支援学校、大学及び高等専門学校を指します。朝鮮学校は一条校ではなく、予備校や自動車教習所と同じ扱いの各種学校に当たります。なぜそんな学校を無償化しなければならないのか。まさに差別を理由に恩恵を受けようとしているのです。

ケント　まったく同じですね。

百田　ケントさんの話を伺っていると、アメリカも日本と同じ大きな問題を抱えていることがよくわかりました。ただ、一つ違うのは、アメリカで巻き起こっているのは保守派とリベラルの戦いなのだと思います。しかし、日本の場合はより深刻です。なぜなら保守派とリベラルの戦いだけではなく、日本人と在日外国人の戦いの要素が、アメリカとは比べ物にならないくらい強いからです。

日本人には善良な面があり、他人から批判を浴びると、つい謝ってしまうような傾向があります。日本は現在、国内外で多くの問題と直面しています。これらの問題も、日本人の善良さが仇《あだ》となって、よりややこしくなっているように感じます。

ケント　日本が抱えている問題はたくさんありますが、最近は安全保障上の問題が日に日に深刻になっているのではないでしょうか。北朝鮮がミサイル発射実験を繰り返しているからです。

百　田　北朝鮮の核開発については、日本でも以前から危惧《きぐ》されていました。しかし、日本人は昔から嫌なものは見て見ぬふりをする傾向があります。自分たちに迫っている危機に対して、見ない、考えない。これは日本人の悪い癖です。

ケント　確かにそんな傾向がありますね。

百　田　北朝鮮のミサイル発射実験は一九九〇年代から始まりました。最初は日本海に届くのがやっとのオンボロミサイルでした。ただ、テクノロジーというのは時間が経てば必ず進化するものです。だから、最初は日本に届かなくても、やがて日本全土を射程に収めるミサイルが完成することは誰の目にも明らかでした。しかし日本人はそのために何か手を打つどころか、「そんなことになりませんように」と祈るだけでした。そうこうするうちに二二年のときが流れ、気がついたら日本列島はすっかり北朝鮮のミサイルの射程距離に置かれていたのです。「まだ核弾頭を搭載してピンポイントで撃ち込む技術はない」と楽観視する人もいますが、やがてその技術も身につけますよ。

ケント それは時間の問題でしょうね。

百田 二〇一七年八月、北朝鮮がグアム周辺の攻撃を検討していることが明らかになると、トランプ大統領は「炎と怒りに直面する」と声明を発表しました。つまり「そんなことをやったら黙ってへんぞ」ということです。その時点で日本人も「えらいこっちゃ、ほんまにミサイルが飛んでくるかもしれない」と気がつきました。いま、日本人もようやく慌《あわ》てているという状況です。

日本国憲法に「緊急事態条項」がない理由

ケント　なぜ日本人は見て見ぬふりをしてきたのですか？

百　田　日本人は「言霊《ことだま》」の意識があるからだと思います。言霊とは大昔の日本人が信じていた力で、要は言葉には魂があり、口にしたことは現実になるという考えです。

ケント　ジンクスのようなものですか？

百　田　ジンクスよりもっと根深いものです。ですから日本人は、ネガティブなことはあまり口にしません。現実になってしまうのではないかと恐れるからです。

例えば結婚式では「別れる」「切れる」という言葉は使わないでしょう。もしそんなことを言って、本当に夫婦が離婚することになったら大変だからです。

ケント　私も一度人の結婚式でお祝儀として二万円をあげて、大恥をかいたことがあります。2で割れる数字なので、「別れる」という悪い意味があるからだと言われました。また、病院へお見舞いに行ったときに、生花ではなく鉢植えを持って行ったことがあります。入院が長くなる意味合いがあるそうですね。「縁起《えんぎ》でもない」というやつですね。

百　田　そう。大昔の日本人は言霊が本当に存在すると信じていました。だから、本当に言霊を恐れたのです。もちろん、現代の日本人は言霊を信じているわけではありません。ただ、言霊の意識が潜在的に残っているような気がします。だから縁起でもないことはなるべく言いません。

ケント　その気持ちはわからないでもないですね。

百　田　それから言霊は、悪いことを考えることもよしとはしません。よくないことを考えたり思ったりするだけで、それを呼び寄せてしまうと考えています。ですから、日本国憲法には、世界のどの国にもある「緊急事態条項」がないでしょう。戦争やテロ、あるいは大災害などの非常事態に直面したときに、しっかり対処できるよう、政府に一時的に強い権限を与えるのが緊急事態条項です。ところが、それを定める一文がない。なぜないかといえば、その一文を入れてしまうと、非常事態が現実になってしまうのではないかという気がするからです。

ケント　国家が想定すべき最悪の事態に蓋《ふた》をするということですか？

百　田　その通りです。だから北朝鮮のミサイルに関しても、見て見ぬふりをしてきたのです。「このままでは日本は北朝鮮のミサイルにやられてしまう」と誰かが指摘できたらよかったのですが、そんなことは誰も言いたがらない。危惧していたとしても、口に出さずに、「そんなことになりませんように」と祈り続けてきたのです。

話が少しずれますが、ガン検診をする日本人は、欧米人に比べると圧倒的に少ないそうです。理由はいくつかあるのですが、一番大きな理由は、ガン検診でガンが見つかるのが怖いからです。「検診したらええのに」と言われても、なかなか病院に行かない。自分の親がガンで亡くなっていても、「私は大丈夫なような気がするわ」と自分に言い聞かせて、なかなか行かない。でも、どうも体の調子が悪くなって仕方なく病院で診察を受けたら、すでにステージ４（末期ガン）だったという日本人は少なくありません。

北朝鮮のミサイルに対しても同様で、いまはステージ４に近い状況です。本当にあかんようになってから、日本人は慌てます。なんでステージ１のときに対処しておかなかったのか。ステージ４になってしまうと、対処も大変です。

北朝鮮のミサイル発射実験開始から二二年、日本は何をやっていたのか

ケント　北朝鮮がミサイル発射実験を始めてから現在に至るまでの約二二年、日本は国防

をアメリカに任《まか》せっぱなしで、いったい何をやっていたのだと感じるのが正直なところです。しかし、アメリカもまた、いったい何をやっていたのでしょうか（笑）。

一九九四年一〇月、当時のビル・クリントン政権は、北朝鮮と交渉をして、包括合意文書に調印しました。この合意では北朝鮮の核開発の凍結が決まりました。ところが、北朝鮮は合意を守りませんでした。その時点でアメリカは対処すべきだったのですが、次のジョージ・W・ブッシュ大統領は演説で北朝鮮を「悪の枢軸《すうじく》」と呼び、名指しで批判しただけで、噂《うわさ》された空爆には至りませんでした。バラク・オバマ大統領に至っては「戦略的忍耐」という政策の下《もと》、北朝鮮に対して不関与を決め込みました。これは信じられない！

百　田　アメリカ人からすると、北朝鮮の核開発やミサイル発射実験は、遠いアジアの国の話だから、それほど脅威に感じていないのかもしれません。また、北朝鮮には石油などの資源がないことも、アメリカが北朝鮮を放置してきた大きな要因になっているはずです。だから、「いまのところはアメリカに直接的な影響はないし、日本がなんとかせいや」と考えているのではないですか。もしこれが中東の話だったら、「石油が大事やからほっとけない」と、何かしらの行動に出ていたような気がします。

ケント　かつては確かにそうだったと思います。しかし、現在、アメリカは有数のエネルギー輸出国になりましたので、中近東における最大の関心事は石油よりも核拡散防止だと思います。

その間に実際にイランの核開発は、オバマ政権のときに、アメリカを中心とした欧米六カ国が協議を行ない、一時的に食い止めました。しかし、トランプ大統領は、その協議では核開発が一〇年先送りされただけで、問題解決になっていないと宣言しました。中近東においてテロ活動を支援している国なので、絶対に核兵器を持たせるわけにはいきません。万が一テロリストが核兵器を持ったら、こんなに怖いことはないのです。

それでトランプ大統領は一方的に協議を破棄して、イランに石油輸出など厳重な制裁措置を課しました。次第にイランの国内経済が大打撃を受けて、ハマスやヒズボラというテロ組織に資金提供能力が著しく低下しています。追いつめられているイランも協議を破棄して、核兵器に必要なウラン濃縮作業を再開しはじめています。

中近東にある米軍に危害を加える計画があるという情報をアメリカが入手したので、地域の軍事力を増強しました。二〇一九年六月、イランがアメリカ軍のドローンを撃ち落としたときに、トランプ政権は報復攻撃を準備しましたが、直前に断念しました。私も含めてアメリカ人がほっとしました。先に述べたように、トランプ大統領になってからは、米国はエネルギー自給率が100％近くになったので、もはや中近東の石油を必要としていません。戦争をする大きな大義が一つなくなりました。それでも米軍が中近東に駐留しているのは、イスラエルを含めて同盟国を守り、地域全体の平和を確保するためです。米国の国益という観点から、東アジアに似ている形になってきました。

選挙のときに、トランプ候補は中近東の戦争から米軍を引き上げると公約しました。そのために全力でＩＳＩＳ（イラク・シリア・イスラム国）と戦って、ほぼ全滅させました。現在シリアに残っている米軍はごく僅かの人数です。そしてアフガニスタンでは、撤退できるようにタリバンと交渉している最中です。

そこで、問題です。イランはホルムズ海峡を通過する石油タンカーを攻撃し始めています。搭載されている石油は主に日本や中国向けのものです。アメリカは有志連合を作って、（ドイツを除いて）協議に参加している国や日本などが共同で護衛をすることを提案しています。さて、日本はどうするの？

百田　ホルムズ海峡を通るタンカーを守るための有志連合に日本の自衛隊が参加するのは当然だと思います。議論の余地などないことに思えますが、情けないことに、日本の中に、これに反対する勢力があります。護憲派と言われる人たちです。自衛隊がホルムズ海峡で戦闘する可能性があるなどもってのほかというのです。でももっと悲しいのは、二〇一九年の八月に行なわれた共同通信の世論調査では、五七パーセントが有志連合に自衛隊が参加するのは反対だという数字が出たことです。

　私はこの数字を見て愕然《がくぜん》としました。中東の石油は日本の命運を握っています。これが一〇パーセントでも入ってこなくなれば、日本の経済はガタガタになります。電気料金は跳ね上がるし、工場経営している中小企業はバタバタと倒産するでしょう。ガソリンや軽油も高騰するし、そうなれば流通コストが上がり、当然物価も上がります。もし灯油が足りなくなれば北海道では多くの死者も出ます。こういうことが想像できない日本人が五七パーセントもいたのです。

　かつて大東亜《だいとうあ》戦争はアメリカが石油を全面禁輸したから起こったということを忘れたのでしょうか。日本は石油が入ってこなくなれば死ぬのです。マッカーサーがアメリカ上院の公聴会で「日本は自衛のために戦争した」と証言したのはまさに正論です。石油の重要性は現代でもまったく変わりません。その石油を運ぶタンカーを守るために多くの国が有志連合を作り、そこに自衛隊も参加するというのは当たり前のことなのです。

ケント　私もそう思います。

百田　話を北朝鮮に戻しましょう。アメリカにとってはホルムズ海峡と同じくらい北朝鮮のこともそれほど大きな問題ではありません。しかし隣国の日本にとっては、北朝鮮のミサイル発射実験や核開発は切実な問題です。にもかかわらず、日本は現在に至るまでこの問題を長く放置してしまいました。一九九〇年代の北朝鮮は核もなく、ミサイル技術もそれほどの脅威ではありませんでした。しかしそれから二〇年以上経ち、気が付けば核を持ち、それをミサイルに搭載可能なところまできてしまったのです。

ケント　アメリカの北朝鮮に対する態度が変わったのは、北朝鮮の度重なる核実験と、アメリカに届く長距離弾道ミサイル開発がきっかけでした。それから三回トランプ大統領と金正恩《キムジョンウン》が会っていますが、やはりアメリカ任せでは駄目ですね。世界は広いので、なんでもかんでもアメリカが面倒を見るのは不可能です。

東アジアには同盟国である日本という大国があります。だから、いちいちアメリカが関与しなくても、日本がなんとかするだろうという期待を抱いているような気がしますよ。

でも、日本人は見て見ぬふりをしてきただけでなく、北朝鮮の核開発に深く関わっている国立大学の研究員までいるのが現実です。政府もそれを把握していたはずですが、止めることさえしませんでした。要するに、北朝鮮のスパイに対して国の税金から給料が支払われているわけです。私は米国籍ですが、長期にわたる日本の納税者の一人でもありますから、これは本当に許しがたい現実です。いつまでもあんなことをさせていてはいけません。国防を真剣に考える時期に来ていることは明白ですから。

文句はＪアラートでなく北朝鮮に言え！日本人の平和ボケはここまでひどかった

ケント　とにかく日本人は防衛的な危機管理ができていません。日本人にはリスク計算をする習慣がないのが原因だと思います。

百　田　そうかもしれませんね。

ケント　一九九〇年代にバブルが崩壊したとき、不良債権の多くは外国人が購入しました。当時の日本人は、景気が悪くなったときのことを事前に考えておかなかったので、いざ景気が悪くなってくると何も対処できなかったのです。だから日本のゴルフ場はほとんど外国人の手に渡りました。

日本の銀行に行って、「事業を始めたいからお金を貸してほしい」と頼むと、銀行員はどう答えると思いますか？

百田 「土地を持っていますか」と？

ケント そう。「担保《たんぽ》物件はありますか？」と訊《き》いてきます。「担保物件はないですが、この事業は絶対に成功します」と説明しても、たいがいの銀行員は渋ります。日本の銀行は土地にお金を貸すだけであって、その事業が成功するかどうか、それを見極める能力はない。つまり、リスク計算ができないということです。リスク計算ができない人に危機管理をしろと言っても、それは難しい話です。

二〇一七年八月二九日の早朝、北朝鮮が発射させた弾道ミサイルは、北海道上空を通過して太平洋上に落下しました。その際、政府はＪアラート（全国瞬時警報システム）で、「北朝鮮西岸からミサイルが東北地方の方向に発射された模様です。頑丈な建物や地下に避難して下さい」と伝えました。対象地域は北海道、青森県、岩手県、宮城県、秋田県、山形県、福島県、茨城県、栃木県、群馬県、新潟県、長野県の一道一一県でした。しかし、このＪアラートが早朝に発信されたことに対して、多くの人から「うるさい」「迷惑だ」という批判が出ました。これは日本人の危機管理意識の低さを象徴するエピソードです。

百田　「朝早くに起こしやがって」と文句を言っている著名人もいましたね。文句は北朝鮮に言ってもらいたい。また報道によると、Ｊアラートが鳴って実際に何らかの避難行動をとった人はほとんどいなかったといいます。

ケント　それから小中高校と幼稚園で、ミサイルに関する注意喚起《かんき》の文書を配布したら、批判が相次いだという話もありましたよね。

百田　二〇一七年四月に滋賀県で起きた話です。内閣府が各都道府県にミサイルへの注意喚起を要請したことを受けて、滋賀県教育委員会は、児童や生徒たちに「弾道ミサイル飛来に伴う対応について」という文書を配布しました。この文書は適切な対応を呼びかけるものだったのですが、同年四月二七日の京都新聞の報道によれば、全滋賀教職員組合などが抗議を行なったそうです。記事には以下のように記されていました。

〈全滋賀教職員組合などは27日、戦争の危機をあおり、子どもに不安を与えたなどとして三日月大造《みかづきたいぞう》知事らに抗議文を提出した〉

〈抗議文では、児童生徒に唐突にミサイル飛来の可能性を伝えればパニックが起こると批判。実際に、小学生が「戦争が起こる」と泣きだした例があったとした。その上で、「政府・内閣官房はこの機を利用し国民を煽っている」とし、文書の回収や保護者への謝罪を

求めた〉

ケント　その話には本当に驚きましたよ。

百　田　日本国民の平和ボケはここまでひどいのですよ。でも、これも先ほど話した言霊の話に通じるものがあります。日本人は「そんな文書を配布すると、ほんまに物騒なことが起こりそうやないか」と心の深いところで考えてしまうのです。それは潜在意識のレベルなのです。

ケント　だからといって、祈るばかりで対処をしないわけにはいかないでしょう。アメリカ人の私には理解できません。

日本は地震国家であり、その他にも台風など多くの天災に見舞われます。だから天災に慣れています。しかし、これが日本人の感覚をおかしくしているような気がします。ミサイル発射実験や核開発というのは、北朝鮮という国家が作り出している問題です。ところが日本人は、天災のようにジッと耐えれば、そのうち危機は過ぎ去るのではないかと考えているのではないでしょうか。

百　田　北朝鮮を相手にそれは通用しませんね。

ケント　危機に対する考え方は日米ではまったく違いますね。最近それを改めて実感しています。

ゼロ戦には防弾機能がなかった

百　田　二〇一七年八月に『戦争と平和』（新潮新書）という本を出しました。この本の中で、私は大東亜戦争時の日米の兵器や戦略について分析したのですが、戦闘機一つをとっても、日米の考え方はまったく違います。

例えば日本の零式艦上戦闘機（ゼロ戦）とアメリカのグラマンＦ４Ｆ「ワイルドキャット」です。この二つの戦闘機はほぼ同時期に誕生したのですが、ゼロ戦のほうがスピード、小回り、旋回能力は勝《まさ》ります。また攻撃力も、グラマンが一二・七ミリ機銃だったのに対して、ゼロ戦は二〇ミリ機関砲を装備していました。ただ、ゼロ戦には一つだけ欠点がありました。防弾機能が一切なかったのです。敵に撃たれたら一発で墜落しました。

ケント　なぜ防弾機能がなかったのですか？

百　田　撃たれることを想定していなかったからです。戦争では敵から必ず撃たれるものですが、それは考えないようにしました。

ケント　「防弾機能をつけると、本当に敵に撃たれることになるじゃないか！」ということですね？

百　田　それもあったのかもしれませんが、撃たれること自体を想定していなかったと思います。日米の考え方が違うのは戦艦、空母、巡洋艦も同様でした。日米の同じ規模の船で比較しても、乗っている人員は米軍の船のほうが圧倒的に多い。日本軍が二人でやる仕事を、米軍は三人でやることもあります。アメリカ人は「各人がいつもベストな状況で動けるわけがない」という考え方をします。対する日本人にはそれがない。だから必要最低限の人員を割り当てるだけでした。しかし、戦争というのは思い通りにいくものではありません。仮に一人でも死傷したら部隊は一〇〇パーセントの力を発揮できません。そうならないための対策が米軍にはあり、日本軍にはなかったのです。

日米が決定的に違うのは、ダメージコントロール（攻撃を受けたときに被害を最小限に食い止めるための処理）に対する考えです。海戦では大砲や魚雷を撃たれたり、爆弾が落ちてくるものです。当然、自分たちの船が壊れることもあります。そうなったときのために、米軍の船には損傷個所を修理するダメージコントロール要員が待機しています。しかし、日本の船にはそのような人は一人もいなかったのです。するとどうなるか。例えば魚雷攻撃を受けて、機関室に穴が開いて水が入ってきたとします。当時の日本軍では、機関室にいる兵士が処理していました。当然、その兵士の本来の業務はほったらかしになります。しかも修理の専門家ではないから、満足な修理もできません。

ケント　現場は大混乱しますね。

百　田　つまり日本軍は、やられたときのことは想定しなかったのです。

大東亜戦争で日本軍は、ガダルカナルの戦いやニューギニアの戦いなどで何度も大きな作戦ミスをしていますが、その多くが、食糧が尽きて、兵士が餓死するケースです。参謀は作戦計画を立てる際、その作戦に必要な人員、日数、必要な弾薬、食糧を決めますが、日本軍の場合、その計画通りの食糧や弾薬しか用意しないのです。しかし、戦争は作戦通りに物事が運ぶわけがない。作戦上では一〇日を見積もっていたとしても、一〇日で完遂《かんすい》できないこともあります。いや、現実にはそっちのほうが多い。そうなってもいいように、米軍では常に弾薬や食糧を余分に持っていきます。しかし、当時の日本軍にその考えはなかった。必要最低限の物しか持っていかなかったのです。だから多くの兵士が餓死することになりました。

事故を想定すると、事故が起きる？

ケント　現在の日本人も、そのような考え方を受け継いでいますよね？

百　田　そうなのです。三・一一の東日本大震災で東北地方は巨大な津波に襲われて、福島第一原子力発電所では緊急電源が故障して核燃料を冷却できなくなりました。事故当初は高い放射線量を発していたこともあり、人間が立ち入れず、冷却作業は大幅に遅れました。なぜ事故処理用のロボットがないのだと考えた国民も多かったのではないでしょうか。実は事故以前から、原発事故が起きたときのためにロボットを導入すべきだと訴える専門家はいたのです。しかし、東京電力は聞き入れませんでした。理由は簡単です。ロボット導入を口に出せなかったのです。

原発の安全を謳っていた東電が、もし「万が一のときに備えてロボットを導入します」と言ったらどうなるでしょうか。原発反対派の人が「ちょっと待て！　原発事故は起こるんかい！」と突っかかってくることになります。東電が「いや、事故は起こりませんが、万が一起こったときのためのロボットです」と説明しても、「事故が起きることを想定しているということは、事故が起きる可能性があると考えているという証拠やないか！」と突っ込まれてしまいます。

これは原発に限った話ではなく、国会でも同様です。日本では万が一のことを想定するだけで、批判の対象になります。だから政府も、至急整備すべき「緊急事態条項」について、なかなか本格的な議論を始められないでいるのです。「有事立法」も同じです。

ケント　二〇一五年に国会で「平和安全法制」が議論されていたときも、マスコミや左翼から、毎日大きな批判を浴びていましたからね。中国が軍事拡張をするいま、集団的自衛権が必要なことは、火を見るより明らかでしたが……。

百　田　日本人はすごく賢《かしこ》い民族なのですが、残念なことに、「危機管理能力」が決定的に欠けています。それは認めざるを得ない。

ケント　余談になりますが、私はいつ何が起きてもいいように七二時間サバイバルキットを二つ家に常備しています。

百　田　え、そうなんですか。さすがアメリカ人！

ケント　このキットは米軍が導入している物で、袋を開ければそのまま食べられる食糧「ＭＲＥ」や、アルミの毛布などが入っています。もし日本で何か起きたときは、このキットを背負って成田《なりた》空港か横田《よこた》基地まで歩いて、飛行機で日本を脱出するつもりです。

百田　そんなキットを持っている日本人なんて、滅多《めった》にいませんよ。

ケント　なんでですか？

百田　災害が起きたときのことは考えないようにしているのです。

ケント　震災発生から最初の三日間は行政の手が回ってきません。だからなんとか自分で生き延びなければならないのですよ。

百田　先ほど、私は日本人の言霊の話をしました。しかしそういう私自身、言霊に縛られていたということが、いまケントさんと話していて、気づきました。私も無意識に、最悪の事態を考えないようにしていたのですね。実際に大きな震災が起きた場合のことなど何も考えていなかった。お恥ずかしいです。それと同時に、やはりケントさんはアメリカ人なのだと感じました。きちんとリスクを考えています。

ケント　上には上がいて、家とクルマにもキットを常備している知人もいますよ。

百田　そういう話を聞くと、アメリカ人は本当に個人レベルでも危機管理ができていると感じます。そういえば、神戸市のある有名なホテルにはアメリカ人はあまり泊まらないという話を聞いたことがあります。いいホテルなので、なんでだろうと思って理由を訊いたら、「屋上にヘリポートがない」と言うのです。万が一のときに救助してもらえないからだそうです。その話を聞いたときに「アメリカ人ってそんなことまで考えるのか」と驚きました。大半の日本人は、ホテルの屋上にヘリポートがあるかどうかなんて気にしませんからね。

今こそ憲法九条を本格的に議論すべき

百田　戦後の日本は国防をアメリカに依存してきました。そのため北朝鮮の挑発を受けても、「アメリカさん、なんとかしてください」と考える人が多く、「自分たちでなんとかせなあかん」と考える人はあまりいません。

日本国憲法・第九条には以下の通り記されています。

〈1　日本国民は、正義と秩序を基調とする国際平和を誠実に希求し、国権の発動たる戦争と、武力による威嚇《いかく》又は武力の行使は、国際紛争を解決する手段としては、永久にこれを放棄する〉

〈2　前項の目的を達するため、陸海空軍その他の戦力は、これを保持しない。国の交戦権は、これを認めない〉

この憲法のために、日本は専守防衛しかできないので、敵国を攻撃するような長距離ミサイルは持っていません。しかし、敵基地先制攻撃も専守防衛の一つではないかと思うのです。北朝鮮が撃ったミサイルを迎撃するよりも、撃つ前にミサイル基地を攻撃したほうがはるかに明らかに効果があります。だからこそ、先制攻撃も専守防衛と認めるべきかどうか、いまこそ本格的に議論すべきです。

ケント アメリカは先制攻撃を検討していると思います。ただ、今後アメリカが北朝鮮と戦争をするかといえば、答えはノーですね。

百　田 私も現時点では戦争にはならないと思いますが、決して安心はできません。危険要素は山ほどあり、事態は非常に流動的です。あらゆる要素が不確定です。もし何かあれば、一気に戦争に突入する可能性は常にあります。

ケント 二〇一七年八月二九日と九月一五日に北朝鮮はミサイル発射実験を行ないましたが、日本政府は前日から実験のことを把握していました。

百　田 ということは、アメリカから情報をもらっていたということですよね？　それとアメリカは発射の前に、それがわかっていたということでもありますね。

ケント そうですね。だから今後、北朝鮮がミサイルを発射しようとしたら、その数時間前に、アメリカの巡航ミサイルがミサイル発射基地を破壊する可能性はあります。八月二九日と九月一五日は、そのための訓練として、北朝鮮の動きを観察していたのかもしれません。

百　田　ただ、北朝鮮がアメリカに把握させるように、わざとあからさまにミサイル発射の模様を見せたという可能性もあります。

ケント　それも否定できませんね。

百　田　アメリカに「なんや、丸見えやな」と思わせておいて、実は見えない所で別のことをやっている可能性もある。これは情報戦の一つです。

安全保障に品格は必要ない

ケント　ただ、さすがの金正恩も、アメリカと全面的な戦争をしたいとは考えていないでしょう。

百　田　そう思います。金正恩に自殺願望でもない限り、自分からアメリカにミサイルを撃つことはないはずです。撃ったら最後ですから。自分の命だけでなく北朝鮮もおしまいです。ただ、心配なのは「金正恩に自殺願望があったらどうすんねん」ということです。

ケント　「経済制裁措置をこれ以上厳しくすると、金正恩はミサイルを発射しかねない」と訴えている評論家もいます。私はその意見には賛同できませんが……。

百　田　アメリカのリベラルの中にも「北朝鮮を追い込んではあかん」と考えている人はいるでしょう？

ケント　確かにいますね。トランプ大統領は、ツイッターで北朝鮮に対してかなり過激な発言をしていました。「北朝鮮が愚かな行動をしたら、軍事的解決策を取る準備は完全に整っている」とまで言い切ったのです。また、金正恩を「ロケットマン」と呼び挑発したこともあります。さらに二〇一七年九月一九日の国連総会では、一般討論演説を行ない、「米国は強大な力と忍耐力を持ち合わせているが、米国自身、もしくは米国の同盟国を守る必要に迫られた場合、北朝鮮を完全に破壊する以外の選択肢はなくなる」と言明し、さらに北朝鮮の核・ミサイル開発プログラムは「全世界に対する脅威となっており、想像を絶する規模の人命が犠牲になる可能性がある」と威嚇しました。一時期、実際に軍事衝突になる可能性が高いと言う評論家もいました。

さらに、「日本人の一三歳の女の子が拉致《らち》され、スパイの養成に利用された」と言いました。一三歳の女の子とは、拉致被害者の横田《よこた》めぐみさんを指しているわけですが、とにかく暴走を続ける北朝鮮への口撃をやめませんでした。そのため、アメリカのリベラルの中には、「本当に核ミサイルを撃つかもしれないから、金正恩を挑発するのはやめろ」という意見もありました。また、「アメリカの品格を落とすから北朝鮮の低いレベルに下りては駄目だ」と訴えている人もいます。しかし、安全保障に品格など関係ありません。

百田　北朝鮮がグアム周辺の攻撃を検討していると発表したときに、日本でも一部で騒ぎになりました。グアムに飛んでいくということは、日本の中国地方と四国上空を通過します。そのため、「同盟国の日本が撃ち落とさなければならないのではないか」という意見が出たのです。しかし前述の通り、トランプ大統領が「炎と怒りに直面する」と強気に出たら、北朝鮮はすぐにグアムへ向けてのミサイル発射計画を断念しました。

日本の左翼や護憲派の連中には、このトランプ大統領の発言後の結果の意味を理解してもらいたいですね。この二一年間、「お願い、ミサイル撃たんといて」と祈るだけで、実際にミサイルが発射されても、歴代政府は「極めて遺憾《いかん》」と言うだけでした。しかし「遺憾」では、なんの効果もなかったのです。

ケント　「遺憾」と言われても、ならやめておこうとはなりませんからね。

百田　そうですよ。しかし、トランプ大統領は違いました。「ミサイルを撃ったらえらい目にあわすぞ！」と怒鳴りつけたのです。すると北朝鮮は途端に態度を変えて、「撃ちません」となったのです。なんぼ遺憾に思おうが、なんぼ経済制裁をしようが、北朝鮮にはまったく効かなかったのに、「撃ったら、どつくぞ！」の一言で、金正恩は完全にビビった。ここに戦争抑止力の本質があるんです。

ケント　ただ現状では、日本がトランプ大統領と同じ発言をしても笑われるだけです。憲法九条で何もできない状態だから怖くない。

百田　ごつい奴が「殴るぞ！」と言ったら相手もビビりますが、ヒョロヒョロで手足を縛られた奴が小さな声で「殴るで〜」と言っても、「お前、何を言うてんねん？」と反撃されるだけですからね。

ケント　そういうことです。

百田　二〇一九年にベトナム・ハノイで行なわれた米朝首脳会談でも、あの金正恩がトランプ大統領に完全にペースを握られていました。北朝鮮伝統のハッタリと恫喝《どうかつ》もまったく通じず、経済制裁は少しも緩めてもらうことができないばかりか、核開発の中止まで約束させられたのです。

トランプ大統領の「暗号」

百田　終戦から七四年になりますが、この間、日本は最も重要な国防をアメリカに任せっぱなしにしてきました。これは日本人が悪い。ただ、そんなふうに日本を骨抜きにしたアメリカにも責任があります。終戦後、七年間にわたって日本を占領した「連合国軍最高司令官総司令部」（GHQ）は、「ウォー・ギルト・インフォメーション・プログラム」（WGIP）で日本人を骨抜きにしたのですから。

ケント　確かにアメリカに責任があります。GHQは検閲などを通じて日本人を徹底的に洗脳し、贖罪《しょくざい》意識を植えつけました。それだけではなく、武士道や滅私奉公の精神、皇室への誇りを徹底的に破壊することで、日本人の「精神の奴隷化」を図《はか》りました。そして日本から軍事力も取り上げたのです。アメリカは日本を守る、その代わり日本に共産圏との緩衝《かんしょう》地帯になるよう求めてきました。また、日本が経済的に栄えるよう、アメリカの市場を開放しました。ある意味では、いまの日本はアメリカが育てた国なのです。だから、アメリカも悪い。ただ、一つ日本人に理解してもらいたいのは、トランプ大統領は日本に自立を求めているということです。わかりやすく言えば、「アメリカが日本の面倒を見る時代は終わった」と言っているのです。

百　田　そうですね。トランプ大統領は大統領選の最中に、日本と韓国の核兵器保有を容認して、在日、在韓米軍を撤退する考えがあることを明らかにしました。また、「日米安全保障条約は不公平だ」とまで言い切りましたからね。

ケント　確かにそう言いました。ただ、それは本音ではありませんね。日本に自立を求めているのは事実ですが、核武装を容認するつもりはありません。あれはパフォーマンスです。

トランプ大統領は「暗号」で話す傾向があります。だから話を聞いたときに解釈してあげなくてはなりません。ちなみに彼は一時間半の演説でも原稿なしで話すので、最初に話したことと最後に話したことでは矛盾《むじゅん》が生じていることが多々あります（笑）。

百　田　それを読み解いてあげないといけないわけですね？

ケント　そう。例えば彼は〝We will build a wall〟と叫びました。メキシコとの国境に壁を建設すると言うのです。だからといって、本当にそれを期待している支持者はいません。なぜなら、壁というのは暗号だからです。彼は「国境の警備体制を強化して、長年放置された不法移民問題を総括的に解決する」という意味で、壁という言葉を使ったのです。支持者もそれを理解した上で、トランプに投票しました。

百　田　在日米軍の撤退を匂わせたのも暗号ですね？

ケント　確かに彼は大統領選のときに、日本はもっとお金を出すべきだと訴えました。しかし、在日米軍駐留経費をもっと負担しろと言っているのではなく、先ほども言った通り、日本はそろそろ自立するべきだ、防衛費を増やすべきだと伝えたかったのだと思います。

アメリカは以前のように日本の面倒は見られません。そろそろ、日本人は再び立ち上がるときだと思いますよ。安倍首相もそれは理解しているのでしょう。だから二〇一五年には平和安保法制を整備し、二〇一七年五月三日には、ついに憲法九条について言及しました。いよいよ始まる。私はそう感じています。

第二章

儒教に囚《とら》われた国・韓国が鬱陶《うっとう》しい

なぜ、韓国の反日が止まらないのか

ケント　二〇一七年五月、韓国では文在寅《ムンジェイン》政権が発足しました。文大統領は就任前こそ終末高高度迎撃ミサイルシステム（ＴＨＡＡＤ）の配備に反対する姿勢を見せたり、北朝鮮との対話を呼びかけるなど威勢がよかったのですが……。

百田　アメリカからはＴＨＡＡＤの件でお灸《きゅう》を据《す》えられ、北朝鮮からは完全に無視されています。

ケント　いまのところは思うように政権運営をできていないようです。ただ、文大統領は盧武鉉《ノムヒョン》元大統領の側近だったこともあり、北朝鮮に融和的な政策をとるのではないか、そしてより一層反日になるのではないかという声もありました。

百田　親北朝鮮と反日は二つでワンセットです。どちらか一方ということはないのではないかと思います。

戦後の日韓関係を振り返ってみると、一九八〇年代までの日韓関係はいまほど悪くはありませんでした。その証拠に、朝日新聞を中心とした日本の左派メディアは、以前は北朝鮮を礼賛《らいさん》する一方で、韓国を痛烈に批判していました。いまでは考えられない報道をしていたのです。

ケント　確かにそうでしたね。

百田　私は一九八〇年代に韓国を旅行したのですが、当時は現地ではそれほど反日的だとは感じませんでした。ところが、朝日新聞が一九八二年から「慰安婦の強制連行」があったというデタラメな報道を繰り返すようになると、慰安婦問題に火が点《つ》きました。さらに一九九三年には、当時の河野洋平《こうのようへい》官房長官が、談話で慰安婦の強制性を以下のように認めてしまいました。

〈慰安所は、当時の軍当局の要請により設営されたものであり、慰安所の設置、管理及び慰安婦の移送については、旧日本軍が直接あるいは間接にこれに関与した。慰安婦の募集については、軍の要請を受けた業者が主としてこれに当たったが、その場合も、甘言、強圧による等、本人たちの意思に反して集められた事例が数多くあり、更に、官憲等が直接これに加担したこともあったことが明らかになった。また、慰安所における生活は、強制的な状況の下での痛ましいものであった〉

　結局、この談話で慰安婦問題という炎は大きく燃え上がることになり、韓国国内では反日感情が爆発するようになったのです。

ケント　その二年後に村山富市《むらやまとみいち》首相（当時）が発表した談話もひどいものでした。村山氏は「植民地支配と侵略によって、多くの国々、とりわけアジア諸国の人々に対して多大の損害と苦痛を与えました」と語ったのです。これはいまに至るまで日本の足枷《あしかせ》となっています。慰安婦問題でいくら韓国の嘘を指摘しても、「かつて首相が認めたではないか」と言われたら、日本は何も言い返せません。このような談話はとっとと撤回しなければなりません。

百　田　一九八〇年代の韓国は「反共主義」を掲《かか》げ、日米と手を組んで北朝鮮と対峙《たいじ》していました。ところが、朝日新聞の報道や二つの談話の影響で、徐々に韓国人は「わしらの敵は日本や」と考えるようになり、北朝鮮に対する敵意は薄れました。親北朝鮮と反日はワンセットになったのです。

ケント　韓国人は北朝鮮に対して、どんな思いを抱いているのでしょうか？

百　田　「わしらは経済を優先して嫌いな日本から援助を受け、アメリカとも同盟を組んでやってきたが、北朝鮮は一国で日米に立ち向かっている。すごい国やな」と考えています。

ケント　「同じ民族なのに北は頑張っている」という、ある種のコンプレックスのようなものですね。

百田　そうですね。朝鮮には一〇〇〇年以上にわたって強い国に迎合してきた歴史があり、「強い者に従う」という事大主義が根づいています。だから戦後の韓国も自分たちの意志ではなく、大国の顔色を窺《うかが》いながら生きてきました。ところが北朝鮮を見ると、主体思《チュチェ》想を掲げて、事大主義とは正反対の国家運営をしている。アメリカを恐れず、一国で孤立しながらも頑張っていると感じたのでしょう。だから北朝鮮を敵視することはやめ、その代わりに歴史問題を抱える日本を標的に定めたのです。

ケント　なんとも迷惑な話ですね。

漢字を捨てて、歴史が途絶えた

百田　韓国が反日に走る理由はもう一つあります。

ケント　なんでしょうか？

百田　漢字を放棄してしまったことです。戦前の韓国・朝鮮の歴史書はどれも漢字で書かれています。しかし、現代の韓国人の大半は、漢字を読むことができないのです。

ケント　だから真実の歴史を知る機会がない。

百田　そうなのです。漢字が読めないと、日韓併合時代の真実を知ることができません。日韓併合に至るまでの経緯や、併合後の文献は、すべて漢字で書かれているからです。さらに困ったことに、大半の韓国人は、漢字を読めるようになろうという意志がありません。大学教授の中にも漢字が読めない人が多くいるといいます。だから完全に歴史が途絶えてしまっており、捏造《ねつぞう》し放題の状況になっています。

ケント　戦後生まれの韓国人は、韓国が第二次世界大戦で日本と戦って独立を勝ち取ったという嘘の歴史を信じ込んでいます。

百田　中には漢字の勉強をして真実の歴史を知る人もいます。しかし、真実を書いた人は社会的に抹殺されることになります。

ケント　韓国人評論家の金完燮《キムワンソプ》氏は二〇〇二年に韓国で『親日派のための弁明』という書籍を執筆しました。同年には日本でも翻訳版が出版されています。若い頃の金氏は反日の旗頭《はたがしら》のような存在でしたが、オーストラリアに住んでいた間に真実の歴史を知り、同書で金氏はニュートラルな立ち位置から日韓併合を肯定したのです。しかし、韓国では青少年有害図書に指定されました。さらに金氏は閔妃《ミンビ》の一族から名誉毀損《めいよきそん》で訴えられています。法廷では傍聴人から暴行を受けるという、日本では考えられないような事件まで起きています。また、出国禁止処分になっているため、他国に亡命することもできない状況です。

百田　ひどい話です。国民がまったく歴史を学んでいない国だからそんなことになるのです。

ケント　二〇一七年には映画『軍艦島《ぐんかんじま》』が公開されました。長崎県にある軍艦島を舞台に、強制労働をさせられていた朝鮮人が脱出を図《はか》るフィクション映画ですが、歴史を知らない韓国人は、真実として受け止めてしまったのでしょう。

百田　韓国ではすべての歴史はフィクションであり、自分たちの都合のいいように書き換えられます。要するに、事実ではなく物語なんです。これは中国も同じですが。

ケント　若いときに学校の先生から「歴史を学ぶことは大事なことだ」と言われたことがあります。当時は深く考えなかったのですが、この歳になって「同じ過《あやま》ちを犯さないためにも歴史を学ばなければならない」ということがわかりました。しかし、韓国では国民全体が歴史を学んでいません。だから国家として危険な状態にあると感じています。

百田　本当に危ないですよね。歴史と真摯《しんし》に向き合うことは、国民を成長させるのだと思います。

ケント　それが国家としてあるべき姿です。

ハングルが国民を馬鹿にしている

百　田　ところで漢字を捨ててハングルを導入した韓国では、国民がどんどん馬鹿になっています。以前、韓国出身の評論家、呉善花《オソンファ》さんとお会いしたときに「ハングルだけでは国民は馬鹿になるような気がします」と言ったのですが、呉さんも同意してくれました。

ケント　どういうことですか？

百　田　現在の韓国の書籍や新聞はハングルで書かれています。日本語で例えると、全部ひらがなで書かれていることになります。それでは読むのが大変です。

ケント　確かにそうですね。

百　田　日本語にも韓国語にも同音異義語があります。日本語で例を挙げると「記者」「汽車」「帰社」「貴社」はすべて「きしゃ」と読むので同音異義語です。文章にするときは漢字で表記するから、読む人は即座に理解できるのですが、ひらがなで「きしゃ」と書いてしまうと、どの「きしゃ」を指しているのか、理解するのに時間がかかってしまいます。すると「きしゃ」という言葉は使わず、その代わりにわざわざ「記事を書く人」とか「線路の上を走る乗り物」というような回りくどい表現で書くことになります。いまの韓国では、これと同様のことが行なわれているのです。だから文章はどんどん子供じみたものになっています。

ケント　なるほど。よくわかります。

百　田　それからハングルを使うことで、昔使われていたような難しい言葉や熟語の使用も避けるようになりました。すると、徐々に論理的な文章、あるいは哲学的な文章は書けなくなります。だから最近の韓国の出版物は、頭を使わずに読めるような本ばかりだそうです。韓国人全体から思考力が衰えているといってもいいのかもしれません。これは漢字を捨てたことによって生じた弊害《へいがい》です。

ケント　説得力がありますね。

百　田　少し話がずれますが、呉善花さんから聞いて笑ったのは、韓国人が名刺を交換するときの話です。大半の韓国人は自分の名前だけは漢字で表記します。当然、彼らも自分の名前だけは漢字で読むことができます。しかし、他人の名前は読めないのです。そのため、韓国人のサラリーマンが「はじめまして」と名刺交換したときに、ハングルが併記されていないと、互いに困惑するケースが頻繁《ひんぱん》にあるそうです。

ケント　それは面白い話ですね（笑）。

反日教育で洗脳される韓国の子供たち

ケント　文在寅氏が大統領に当選した直後の二〇一七年五月一五日、私は取材でソウルに行ってきました。前月に北朝鮮がミサイルを発射したので、韓国は少しはピリピリしているのではないかと思っていたのですが、まったくそんなことはありませんでした。韓国人もまた、ずいぶんと平和ボケしているようです。

百　田　同じ頃に韓国に旅行に行った友人たちも同じことを言っていました。まったく危機感がないと。ソウルは三八度線から数十キロしか離れてないし、北朝鮮は「ソウルを火の海にしたる」と言っています。しかし、どうも韓国人は「同胞には攻撃してこないやろう。攻撃するなら日本やろう」と思っている。南北で国家政策が違っていても同胞であり、自分たちの敵は日本だと考えているのです。

ケント　感覚が麻痺《まひ》しているのかもしれませんね。

百　田　私が一九八〇年代に韓国に行ったときは、非常にピリピリしていました。まだ朝鮮戦争時の名残《なごり》があり、戒厳令が敷かれていて、夜間の外出を慎《つつし》む風潮がありました。当時、北朝鮮は韓国にスパイを盛んに送り込んでいたし、実際に北の工作員が捕らえられる事件も起きていました。韓国はかなりの緊張状態にあったのです。

ケント　そう考えると韓国もずいぶんと変わりましたよね。ただ、トランプ大統領がツイッターなどで盛んに北朝鮮に言及するようになってから、少なくとも韓国政府には緊張感が生まれているのではないでしょうか。

百　田　そうですね。ただ、一般民衆は何も感じていないような気がします。

ところでケントさんは韓国では何を取材したのですか？

ケント　どのような歴史の捏造が行なわれているのか、自分の目で確かめたかったので、歴史館を見て回ってきたのです。現地ではまず西大門《ソデムン》刑務所歴史館に行きました。

百　田　元首相の鳩山由紀夫《はとやまゆきお》氏が土下座した所ですね。

ケント　そうです。韓国観光公社のホームページによれば、西大門刑務所は〈大韓帝国末期に建てられた日帝強占期の代表的な弾圧機関として、数多くの韓国独立烈士たちがこの監獄に閉じ込められ拷問《ごうもん》を受け亡くなったという歴史のある場所〉なのだそうです。ちなみに日帝強占期とは、日帝強制占領期の略で、韓国メディアが好んで使う表現です。

ただ、この刑務所は単なる刑務所です。韓国人の言う「独立烈士」とは、普通の言い方をすれば国家の敵であるテロリストですから、そのような人物を捕らえたことはあったのかもしれません。しかし、それはテロを起こしたから逮捕しただけであり、朝鮮民族の弾圧や人権侵害とは違いますよね。

百　田　まったく違います。テロリストは人々の命と社会の治安を脅《おびや》かす存在ですから。

ケント　韓国では、「刑務所内で日本人看守による拷問が行なわれていた」と言われています。実際にこの歴史館では蠟《ろう》人形を使い、拷問の場面を再現していました。しかし、一つ思い出してもらいたいのは、日韓併合直後に、日本は李氏《りし》朝鮮時代の悪政の象徴とも言える拷問文化を廃止したということです。

百　田　その通りです。李氏朝鮮では、囚人や奴隷に対して、口にするのもはばかられるようなおぞましい拷問が行なわれていました。しかも、何かを自白させるための拷問ではなく、苦痛を与えるために行なわれるケースが多かったそうです。

李氏朝鮮時代に現地を訪れた二人の西洋人が、朝鮮の拷問について書き残しています。

一人目はイギリス人旅行家のイザベラ・バードで、彼女は著書『朝鮮紀行』（講談社）の中で以下のように書いています。

〈罪人が苦痛に叫ぶ声は近くのイギリス伝道館の中にまで聞こえてくる〉

二人目はアーソン・グレブストです。著書『悲劇の朝鮮：スウェーデン人ジャーナリストが目撃した李朝最期の真実』（白帝社）で以下のように詳しく説明しています。

〈囚人の足の内側に棒をはさんで、執行人たちは、自分の体重をすべて棒の片側にかけた。囚人が続けざまに吐き出す叫び声は、聞いていてもじつに凄惨《せいさん》なものだった。足の骨が砕けつぶれる音が聞こえると同時に、その痛さを表現する声も囚人の凄惨な悲鳴も止まった〉

ケント　聞いているだけでも気分が悪くなってきますね。

百　田　原文はもっとすごい描写がされています。朝鮮ではこのような拷問が日常的に行なわれていたのを、日本は併合後に直ちに廃止したのです。それと、じわじわと苦しめながら処刑する「凌遅刑《りょうちけい》」も廃止しました。

自分たちがやったことを
日本人がやったことにして教えている韓国

ケント　西大門刑務所歴史館の駐車場には、観光バスに乗って社会科見学にやってきた子供たちがたくさんいました。韓国では、自分たちがやっていたことを日本人がやったことにして、この歴史館で子供たちに嘘の歴史を教えているということです。

歴史館では蠟人形の他、パネルや拷問器具も展示されていました。そんな中を、子供たちはガイドの説明を受けながら見て回るのです。涙を流している女の子もいました。果たしてこれが正しい教育なのでしょうか。本当に異常な光景でしたよ。

百　田　とてもまともとは言えません。

ケント　こうやって子供たちは洗脳されて、反日感情を抱くようになるのです。子供たちにとってはかわいそうな話だし、日本にとっては迷惑な話です。

百　田　本当ですね。

ケント　同じくソウルにある安重根《アンジュングン》義士記念館にも行ってきました。安重根は日韓併合に反対していた人物で、当時の満州国ハルビン市（現・中華人民共和国黒龍江省《こくりゅうこうしょう》ハルビン市）で伊藤博文《いとうひろぶみ》を暗殺したテロリストです。日韓併合に反対していた伊藤博文を暗殺し、それが理由で日韓併合が早まったという話もあります。テロリストの上に「間抜けな」という形容詞がつく人物ですよ。そんな人物を崇《あが》めているのが安重根義士記念館なのです。

百田　韓国人自身が安重根という人物の愚かさを何も理解していない証拠ですね。

ケント　館内では安重根の人生が蠟人形で再現されていました。長年、中国の属国だった韓国には、日本やアメリカのように誇るべき偉人がいないのはわかっています。だからといって、テロリストを崇めるのはいかがなものか。私はこの記念館で展示物を見ながら、韓国人に対して憐《あわ》れみを感じてしまいました。ちなみに、展示物の説明文は韓国語、中国語、英語で書かれていましたが、日本語はありませんでした。

百田　以前、ソウルの地下鉄の駅で、韓国の子供たちが描いた反日絵画が展示されたこともありましたよね。日本列島が燃えている絵や、日本にミサイルを撃ち込んでいる絵、日の丸を踏みつけている絵などが展示されたのです。

ケント　それこそ完全にヘイト教育です。在日コリアンの一部は、日本人から批判を受けるとヘイトスピーチだと騒ぎますが、自分の国の教育政策がヘイトそのものなのだから、それをなんとかしたほうがいいのではないですか。

百　田　そして問題なのは、日本が韓国に何も抗議しないことです。

ケント　どんどん抗議すべきですね。そうしないと歴史が歪《ゆが》められて、日本は国際社会でますます誤解されてしまいます。

百　田　地下鉄の絵は、それを見たヨーロッパの旅行者が疑問の声を上げたことで撤去されました。日本が抗議しても聞く耳を持たなかったかもしれません。

韓国人を劣化させた、中華思想と儒教の教え

ケント　ソウルでは世宗《セジョン》通りの中心部の光化門《こうかもん》広場にある世宗の大きな銅像を見たのですが、私が訪れた五月一五日は、たまたま世宗の誕生日で、銅像にはハングルで「六二〇年、誕生日ありがとう」と書かれた横断幕が掲げられていました。ちなみに韓国では五月一五日は「師匠の日」とされ、自分の先生に感謝する日なのだそうです。

ソウル滞在中に同行していた韓国人の通訳者が、銅像の前で世宗の説明をしてくれました。そこで私は「はいはい。世宗はハングルを制定した人ですね。ハングルは日本統治時代に日本が広めたんですよね」と言ったのです。するとこのガイドは驚いた表情で「え？

初耳です。その話はなんですか？」と突っかかってきました。通訳者は三〇代の女性で、日本に留学していた経験もある方なのですが、学生時代には「日本人はハングルを奪《うば》い漢字を押しつけてきた」と教わったそうで、いまだにそれを信じていたのです。

しかし、それは事実ではありません。韓国では日韓併合の前から、両班《ヤンバン》など特権階級の人たちは漢字を使っていました。それなのに「漢字を押しつけられた」というのは意味がわかりません。韓国で教えられている歴史は史実の真逆です。

百田　日韓併合した当時、朝鮮人の文盲率《もんもう》は九〇パーセントを超えていたと言われています。戦前の東亜日報にも、一九二〇年まで、朝鮮人の文盲率は八〇から九九パーセントであったという推測記事が載っています。ケントさんが言われた通り、当時の朝鮮人で文字が読めたのは、ほとんどが両班であり、彼らは漢文、つまり中国語の読み書きをしていました。

ハングルは一五世紀半ばに世宗が制定した文字ですが、当時の支配階級・両班は導入に反対しました。国家及び王室のための研究機関であり諮問《しもん》機関でもある集賢殿《チッピョンジョン》の副提学だった崔萬理《チェマルリ》は以下のように反対したそうです。

「昔から、中華の土地では、風土が異なっても方言を文字にした例はない」

「モンゴル、西夏《せいか》、女真《じょしん》、日本、チベットは独自の文字を持つが、これらの国はすべて夷《い》狄《てき》であり、話にならない」

彼らが抱く、ある種の中華思想がそうさせたのです。朝鮮は長い間にわたって中国の属国だったし、中国文化を崇めていました。だから両班は漢文を書き、公文書でも漢文を使っていたのです。

ケント だからハングルはあってないようなものでした。

百田 日本は日韓併合後に朝鮮半島に学校を作り、いざ教育を施《ほどこ》すことになった際にハングルの存在を知りました。そこでハングルを小学校の必須科目にしたのです。しかし、当時の朝鮮半島には、大量に教科書を作るための印刷所も製本所もありませんでした。そのため、最初のハングルの教科書は、東京で印刷、製本して朝鮮まで運んだのです。

ケント それは大変だ。

百田 日本は「一面一校」（一つの村に一つの小学校）を目標に掲げ、多額の国家予算を投入して、一九四三年までに四二七一校もの小学校を作りました。それだけではなく、専門学校を二四校、中学校を七五校、高等女学校を一五校、実業高校を一三三校、実業補習学校を一四五校、大学予科を一校、合わせて約五〇〇〇校もの公立学校を作ったのです。

これを日韓併合時代の三五年間で割ると、年間約一五〇校の学校を作っていたことになります。二日に一つの学校を作っていたというのだから、当時の日本人には驚嘆します。

ケント　ものすごいお金と労力をかけましたね。

百　田　もし朝鮮半島に投資をしていなかったら、日本にはもう一つ連合艦隊ができていたのではないかと言われています。そのくらい日本は尽力したにもかかわらず、韓国が日韓併合時の恩恵について語ることはありません。そして日本に謝罪や補償を求めてきているのです。

ケントさんのご著書『儒教に支配された中国人と韓国人の悲劇』を読んで、改めて実感したのは、中韓の人々は儒教の悪い部分ばかりを受け継いでしまったということです。逆に日本は儒教のいい部分を受け継いでいる。だから同じ儒教でも、中韓と日本ではまったく別物なのです。

儒教の悪い部分とは、人を順位づけてしまうことです。だから中国は常に朝鮮を属国として下に置きました。また朝鮮では、ものすごく厳格な身分制度を敷いていました。

日本には江戸時代、士農工商という身分制度があったと言われていますが、実際にはこれは歴史的事実ではない上に、その区分は徹底したものではなく、また非常にフレキシブルなものでした。

ケント　流動性が高かったんですよね。

百　田　そう。幕末の頃には士分（武士の戸籍のようなもの）を人に売ることもありました。その頃には町人と侍の区別も曖昧《あいまい》でした。たとえば新選組《しんせんぐみ》の隊員の多くは元は農民や商人だったのが勝手に侍になっていたように、とにかく適当なものでした。「もう侍はやめや」と町人に転身した人もたくさんいました。

ケント　李氏朝鮮の身分制度とはまったく別物ですね。

百　田　儒教の悪い部分はまだまだあります。

日本では、喧嘩《けんか》をしても一方が謝罪すればそれで終わりです。しかし中国や韓国では、一度謝ったら永久に謝り続けなくてはなりません。謝罪することで序列ができ、一度できた序列は覆《くつがえ》すことができないのです。

また、下の者が上の者に尽くすのは当たり前のこととされます。そのため、下の者が何をしても、上の者は感謝せず、当然のことだと受け止めます。ケントさんの本を読んで、改めてそのことが日韓問題、日中問題に大きく影響しているのだということがわかりました。

実は、私はずっと疑問を持っていました。一九六五年に日韓基本条約を締結した際に、日本は無償で三億ドル、有償で二億ドル、民間借款《しゃっかん》で三億ドル、合計八億ドルものお金を韓国に支払いました。その後もさまざまな形で韓国を援助してきました。にもかかわらず、韓国には感謝の気持ちがまったくありません。これは中国も同じです。中国は日本の政府開発援助（ODA）でどれほど潤《うるお》ったのかは知りませんが、彼らには感謝する気持ちなど微塵《みじん》もない。これは人としておかしいと思っていたのですが、根本には、下位の日本が上位の中国に尽くすのは当たり前だという儒教の精神があったからなのですね。

ケント　日本が何をしても、中韓が感謝することは絶対にありません。だから中韓には何もしないほうがいいのです。

初対面で深く頭を下げたほうが下に見られる

百　田　どちらが上でどちらが下か、それを重要視するのが中国人や韓国人なので、日本の政治家は、外交の場で両国の要人と会談する前に、彼らの特性を把握しておく必要があります。そうしないと、ますます舐《な》められることになるからです。これも呉善花氏に聞いたのですが、韓国では初めて会った者同士が挨拶《あいさつ》で頭を下げるとき、より深く頭を下げたほうが相手より下に見られるということです。

ケント 舛添要一《ますぞえよういち》氏は都知事時代の二〇一四年、訪韓して朴槿恵《パククネ》大統領と会談した際に、ペコペコと頭を下げまくっていました。きっと朴大統領は彼を見下したはずです。

百田 彼は喜んでそうしたのかもしれませんが、多くの日本人はこれを知っておかないといけません。特にビジネスの世界では気をつけなければなりません。韓国企業はもちろん、中国企業と仕事をするときも、彼らが日本人と同じ考えを持っていると思ったら確実に失敗します。

日本人からすると、ときに欧米人のビジネスマンは横柄《おうへい》だと感じることがありますが、欧米人は契約を遵守《じゅんしゅ》します。しかし、中韓の人々には、そんな精神さえありません。契約なんて屁《へ》とも思っていないのです。国際条約すら平気で破る人たちですからね。

ケント 騙《だま》されるほうが悪いと考えているのでしょう。二〇一五年一二月、日韓両政府は慰安婦問題について「最終的かつ不可逆的に解決されることを確認」しました。いわゆる日韓合意がなされたのです。日本政府は元慰安婦を支援するための財団に一〇億円拠出することを約束し、翌年支払いました。しかし、韓国政府は日本大使館前に設置された慰安婦像を撤去しようともしないし、釜山《プサン》の日本総領事館前の路上には新たな慰安婦像まで設置されてしまいました。それから二〇一七年九月二七日、韓国国会の女性家族委員会は、毎年八月一四日を「慰安婦の記念日」とすることを含む「慰安婦被害者生活安全支援法」の改正案を可決したという報道があります。九月二七日の産経新聞の報道によれば、〈来年から韓国の法定記念日になるのは確実。今後の日韓関係に影響を及ぼすことは必至だ〉ということです。彼らは合意を守るつもりなどないのです。

百　田　ですから、韓国と今後どうつき合っていくのか。その方法はいろいろとあるのかもしれませんが、孫子《そんし》の兵法で「彼を知り己を知れば百戦殆《あや》うからず」とある通り、彼らの国民性をしっかり勉強する必要があります。性善説は通用しないのです。

感謝する台湾と恨む韓国

ケント　韓国人を見ていて最も駄目だと思うのは「恨《ハン》の文化」です。恨とは決してポジティブなものではないのに、韓国人はそれが自分たちの文化だと認めています。とてもまともとは言えません。

百　田　本当に韓国の国民性は信用できませんね。台湾人と比べると、日本に対する感情があまりにも違いすぎます。

日本は一八九五年から一九四五年まで五〇年間にわたって台湾を統治しました。そして朝鮮と同じように、台湾の近代化を進めました。しかし当時の日本は、台湾を朝鮮ほど優遇しませんでした。

ケント　朝鮮を甘やかし、台湾には厳しく接したということですね。

百　田　そうです。ところが終戦で、日本が台湾を放棄することになったとき、台湾人は「なぜ自分たちを見捨てるのだ」と嘆き悲しんだといいます。

一方、朝鮮は違いました。終戦直後に朝鮮半島にいた日本人は、朝鮮人からひどい目にあわされたのです。財産の略奪はまだましなほうで、殺された人や犯された女性はたくさんいます。

台湾で烏山頭《うさんとう》ダムを作った八田與一《はったよいち》は、多くの台湾人から感謝されていますが、日本は朝鮮半島にも、水豊《スプン》ダムなどたくさんのダムを作っています。しかし、北朝鮮はもちろん、韓国から感謝の言葉は一切ありません。だから私は、韓国・朝鮮人を民族として尊敬することができないのです。

ケント　その気持ちはよくわかります。

中国人は、日韓併合を鼻で笑った

百　田　中国人は、日韓併合を鼻で笑っているという話を聞いたことがあります。「朝鮮半島は統治したらあかん」ということです。歴代の中華王朝は朝鮮を属国として扱いましたが、一度たりとも占領はしませんでした。占領したら厄介《やっかい》だということがわかっていたのです。ところが、日本人は韓国を併合してしまった。だからいまだにえらい目にあっていると、中国人は笑っているのだそうです。

ケント　やはり韓国は絡まないほうがいい国なのです。しかし、韓国人はストーカーのように日本に絡んできます。彼らの目的はいったい何でしょうか？

百　田　まったくわかりません。

ケント　嫌がらせをしたいだけなのかもしれませんね。自己満足のために反日をしているような気がします。

百　田　その一方で、「ぜひソウルに来てください」と日本人観光客を呼び寄せようとしています。日本の文句ばかり言っている国に誰が行くかという話ですよ。おまけに慰安婦像を乗せたバスをソウル市内に走らせて、「来てください」もあったものではありません。

ケント　韓国を見ていると、「私はあなたのことが嫌いですが、あなたは私のことが好きなのでしょう」と考えているような感じがします。だから、いつまで経っても日本が面倒を見てくれると甘えている。

百　田　韓国にははっきりと「お前のことなんて好きやない！」と言ってやりたいですね。普通、人に好きになってもらおうと思ったら、それなりの態度を取るものです。しかし、韓国は日本にむちゃくちゃ失礼な態度を取っています。さすがの日本人も怒って反論するようになったら、今度は「えっ？　なんでそんなことを言うの？　私のことが嫌いなの？」とびっくりしているのです。あれだけ反日的なことをされたら、誰だって嫌いになりますって（笑）。

ケント　韓国は別れた妻のような存在ですね。一九一〇年の日韓併合で結婚しました。しかし、一九四五年の終戦と同時に離婚して、一九六五年の日韓基本条約を締結した際に慰謝料も支払いました。それなのに、いまだに生活の面倒を見てもらおうとしている。いつまで経っても別れた男から離れられない、駄目な女性のようです。

いい加減にしろ！　ウリジナル。
大嫌いなはずの日本の文化を平気でパクる韓国

百　田　韓国関連の話で最近私が気になっているのは、韓国のマナーが少しずつ日本に入り込んでいるということです。

ケント　例えばどんなマナーですか？

百　田　目上の人の前で飲み物を飲むとき、韓国人は手で口元を隠しながら飲みます。これを俗に「朝鮮飲み」というのですが、日本にはそんな文化はありません。普通にコップに口をつけて飲みます。しかし、例えば国会中継を見ていると、この飲み方をする議員が少なくありません。国会の本会議場の演壇には水とコップが置かれていて、代表質問の際に議員が水を飲む場面がよくあるのですが、かつて民主党政権時の首相たちは、挙《こぞ》ってこの飲み方をしていましたよ。

ケント　確かにそれは日本人の飲み方ではないですね。なぜ普及したのでしょうか？

百　田　それはわかりません。ただ、気がついたらそのような飲み方をする人が増えていたのです。朝鮮では、人に水を飲むところを見せないという文化があるそうですが、日本にはそんな風習はありません。
あと、お腹《なか》の前で手を組んで、肘《ひじ》を張った状態でお辞儀する「コンス」が普及しているという話もあります。これが朝鮮式なのかどうか諸説あるのですが、実際にこのお辞儀を採用するお店が増えています。以前はこんなお辞儀をする人はいなかったと思いますが、最近はよく目にするので、気になって仕方ありません。

ケント 文化という話では、韓国人はいろいろな物や文化を「韓国起源だ」と主張しています。俗に言う「ウリジナル」です。ウリジナルとは、ハングルで「我々の」という意味の「ウリ」と、起源を表わす「オリジナル」をくっつけた造語です。
一般的な韓国人が韓国起源を訴えるのならまだしも、大学教授のような社会的地位のある人まで訴えているのだから驚きです。

百田 ある意味では韓国人らしい話ですよね。

ケント とにかくあれもこれも韓国が起源だと主張しているわけですが、中でも日本の文化が標的にされています。柔道、剣道、合気道、空手などの武道や、茶道、華道、歌舞伎などの起源は韓国だと主張しています。やはり反日的な考えというか、日本を下に見ていることの表われだと思います。

百　田　韓国は異様な反日感情を抱いています。にもかかわらず、日本の文化を盗みまくっているから不思議です。本来、日本が大嫌いなら日本の文化を拒否すればいいのに、なぜか日本の文化を奪おうとしています。

ケント　大半は馬鹿なことを言っていると笑って済みますが、世界的に認められてしまったケースもあります。百田さんの著書『今こそ、韓国に謝ろう』（飛鳥新社）には、テコンドーについての解説がありました。

百　田　テコンドーは、韓国人留学生が日本で空手を学んで、そこから独自にそれを開発することで戦後の一九五〇年代にできた、まったく新しいスポーツです。しかし韓国は、テコンドーは昔からある武道で、空手はテコンドーのパクリだという話を世界に広めました。それに対して日本は「何を言うとるねん。阿呆《あほ》な説を唱《とな》えとるなあ」と放ったらかしにしてしまったため、いまでは韓国側の主張が世界的に認められ、オリンピックの正式種目になってしまったのです。

ケント　ひどい話です。ただ、韓国起源だと主張している物の中で、一つだけ認めてあげてもいい物があります。それは納豆です。納豆だけはぜひ韓国に引き取ってもらいたい（笑）。

百田　いやいや、そういうわけにはいきません。私も納豆はあまり好きではありませんが、日本の文化ですから（笑）。それに朝鮮半島には納豆菌を使った食文化は存在しませんでしたから、もちろんこれもパクリです。

ケント　それは冗談ですが、ウリジナルにかぎらず、とにかく韓国人はいろいろな物をパクリまくっています。

百田　パクリに関しては、日本も戦後、アメリカの真似《まね》をしてきたため、あまり強くは言えません。ただ、日本はそこから独自の物を作るようになりました。

ケント　それに日本は「日本起源」を主張するようなことはありませんでしたし、アメリカからヒントを得て、よりよい物を作ってきました。

百田　日本人には盗みは恥ずかしい行為だという認識があります。しかし、韓国人にはそれがありません。だから人の技術や知的財産を盗むことについても、一切恥じらいがないのです。それは中国も同じです。彼らはいまだに欧米の人気ブランドの偽物を平気で作っていますから。

ケント　いい加減にしろと言いたいですね（笑）。

「在日コリアン」という問題

ケント　日本は韓国と問題を抱えていますが、国内を見れば多くの在日コリアンがいて、彼らとも問題を抱えています。

百田　ケントさんにお聞きしたいのですが、来日したばかりの頃、在日コリアンの存在はどう見えましたか？

ケント　普通に生活していると全然目立たないので、最初は存在すら知らなかったです。

百田　日本名を名乗る人も多いですから、なかなかわかりませんよね。

ケント　はっきりと在日コリアンの存在を認識したのは、三〇年ほど前に「サンデーモーニング」（ＴＢＳ）で辛淑玉《シンスゴ》氏と共に番組に出演したときです。現在、辛氏は市民団体「のりこえねっと」の代表を務《つと》め、在日コリアンに対する差別の存在を訴えています。

百田　彼女は本当に厄介な反日活動家で、いろんなところで無茶苦茶な発言をしていましたが、ある講演会で沖縄の基地反対運動について語ったときに、以下のように犯罪を煽《あお》ってしまいました。

「若い子には死んでもらう（中略）それから爺さん婆さんたちはですね、向こうに行ったらただ座って止まって、何しろ嫌がらせをして、みんな捕まってください」
この犯罪教唆とも言える発言はインターネット上で炎上したので、しばらくは大人しくしていました。

ケント ただ、辛氏はトーク番組「ニュース女子」（TOKYO MX［当時］）の沖縄・高江《たかえ》のヘリパッド建設工事に対する反対運動をめぐる特集で、「のりこえねっと」がお金などを支給していると言及したことに噛みついています。なぜかドイツで訴訟を起こすという話もあるようですね。

約三〇年前の辛氏は、在日コリアンに対する差別の存在を訴えていました。その一例として、在日コリアンが帰化しようと入国管理局に相談しに行ったときの話をしていました。弁護士を同行させたら、弁護士を連れてくるという行為自体が反抗的だということで、拒否されるというのです。差別かどうかは別にして、入国管理局に弁護士を連れていくのはいかがなものかと感じました。

百田 そうですよね。ただ、昔の日本は帰化に厳しい条件を課していました。それは在日コリアンに限った話ではなく、欧米人に対してもとにかく厳しかった。申請してもすぐには帰化できず、一年以上かかったそうで、その間に犯罪はもちろん、軽微《けいび》な交通違反を犯しただけでも国籍取得できなくなったといいます。もちろん、前科なども徹底的に調べられました。

「なんで在日の人たちは帰化しないのだ」「在日コリアン三世、四世になって帰化しないのはおかしい」と言う人もいますが、実はなかなか帰化できなかったという事情がありました。もちろん、自らの意思で帰化しない人もいますが、帰化したくてもできないという人もいたのです。

ただ、最近は帰化の条件が緩和《かんわ》されたという話を聞きますね。とくに三世、四世は帰化しやすくなっているはずです。ただ、それでも頑《がん》として帰化しない三世、四世も数多くいます。こんなのは他の国にはありません。韓国人もおそらくアメリカに行けば、二世の時代にはほとんど帰化しているはずです。

ケント　私は一九八四年頃から講演活動を始めたのですが、ときどき講演で日本にいる外国人の数について話していました。当時は韓国出身の人が最も多く、七〇万人近くいました。次に多いのが中国出身の人で、確か二〇万人程度だったと記憶しています。しかし、それが次第に変わってきました。「在日本大韓民国民団」のホームページによると、二〇一六年時点で、在日コリアンの数は四八万五五五七人程度だそうです。帰化条件が緩和され、どんどん帰化したのだと思います。

なぜ在日コリアンは特別永住者になったか

百田　在日コリアンには「特別永住者」という特権があります。

ケント　一九一〇年から四五年まで朝鮮人は日本人でしたが、その後、在日コリアンは特別永住者となったのですね。

百田　特別永住者などという訳のわからない制度ができたのは、戦後、朝鮮人が「自分たちは戦勝国民である」と言い始めたことに起因します。

ケント　それはおかしい。彼らは日本人として戦って敗戦したはずです。

百田　その通りですが、昭和二〇年頃には「第三国人」という言葉がありました。いまは差別用語とされていますが、実際には差別用語ではありません。日本人は敗戦国民で、連合国の国民は戦勝国民、その間にいる人々を第三国人と呼んでいたのです。

ケント　そういえば、元東京都知事の石原慎太郎氏が「第三国人」と言って、ものすごい批判を浴びましたよね。

百田　戦後は政府もこの言葉を使っていますから、そもそもは差別的な意味合いはありません。

ケント　要は戦争の当事者ではないということですね。しかし、彼らは自分たちを戦勝国民だと言いたいから、第三国人は差別だと主張したのでしょう？

百田　そうなのだと思います。

ケント　戦時徴用《ちょうよう》で来日した朝鮮人の多くは、終戦して帰国しましたよね。

百田　はい。戦時中、朝鮮人は一九四四年九月からわずか七カ月間だけ戦時徴用されました。しかし、その大半は、終戦後に朝鮮に帰りました。二〇一〇年、自民党の高市早苗《たかいちさなえ》氏の資料請求に対して外務省が明らかにしたデータによると、戦時徴用で日本に来て、昭和三四年の時点でまだ日本に残っていた朝鮮人は、当時登録されていた在日朝鮮人約六一万人のうち、わずか二四五人だったことがわかりました。在日朝鮮人全体のわずか〇・〇四パーセントです。つまり徴用で日本に来た人はほとんどが帰国したのです。

ケント　徴用以外で来た朝鮮人はどうしたのですか？

百田　帰りませんでした。彼らは皆、自由意思で日本に来た人たちです。その上、戦後の一九五〇年からは朝鮮戦争が始まったので、大量の朝鮮人が日本に密入国しました。

ケント　一九四八年の済州《チェジュ》島四・三事件のときにも、多くの朝鮮人が日本に避難しました。ちなみにこの事件では、多くの済州島民が犠牲になりました。

百　田　戦前も戦後も日本のほうが豊かでした。だから職を求めて朝鮮人がたくさん来たのです。しかし戦後になると、彼らは補償を得るために「強制的に日本に連れてこられた」と嘘を言い始めました。そして多くの日本人がそれを信じてしまいました。

ケント　そんな嘘の情報を広めた日本のメディアにも責任がありますね。

百　田　戦時中、朝鮮半島の人々は日本人でした。だから徴用しましたが、きちんと給料を払っていたし、単身で来た人には家族手当まで支給していました。ところが、彼らはいま「強制労働をさせられた」と訴えています。

ちなみに朝鮮半島から徴用する何年も前から、日本人の女子学生や中学生などは徴用されて工場などで働いていました。日本人の男性は徴兵されて戦地に行って命を落としていました。つまり、朝鮮半島に暮らす人々は日本人よりもはるかに優遇されていたのです。

ケント　当時は逆に「徴兵されないのは差別だ」という声もあったそうですね。「なんで私たちを兵隊にしてくれないのだ」と怒っていた。

百　田　そうです。とにかく当時は朝鮮人よりも日本人のほうが厳しい状況にあったのです。しかし戦後の日本は、コリアンの言いなりで「永住権を与えろ」という要求を受け入れてしまいました。だからいま、在日コリアンは特別永住者という資格を得て、日本で暮らしているのです。

ケント　芸能界やスポーツ界で活躍している在日コリアンは少なくありません。以前、辛《シン》淑玉《スゴ》さんは「紅白歌合戦では出演するコリアンの歌手の数を数えて、過半数を取ったら喜んでいる」と話していました。

百田　よく「あれは紅白歌合戦じゃなくて日韓歌合戦や」と冗談を言っていましたよ。

ケント　当時は普通の会社に就職できなかった人もいたのでしょう。

百田　外国人の採用を避けた会社は少なくなかったと思います。

ケント　パチンコ店を経営している人も多いですよね。

百田　パチンコ店に関しては、戦後の暗い歴史があります。

　終戦後の昭和二〇年代から三〇年代には、犯罪を犯した朝鮮人がたくさんいました。その一方で土地の不法占拠も大量にありました。多くの日本人の土地が朝鮮人に奪われました。

ケント　どういう形で奪ったのですか？

百田　戦時中に東京は空襲を受け焼け野原になったため、土地の所有者が曖昧になったり、あるいは亡くなってしまいました。その間に在日朝鮮人は、先ほど言ったように自ら戦勝国民を名乗り、「ここは俺の土地だ」と占拠したのです。私の知り合いにも、そうやって祖父や父の土地を奪われたという人は何人もいます。現在、駅前の一等地にパチンコ店があるのは、そういう歴史の背景があるからです。

ケント　警察は取り締まらなかったのですか？

百田　終戦直後、日本の警察は拳銃を没収されていたので、思うようには取り締まれませんでした。逆に在日朝鮮人は武装していたので、多くの警察官が犠牲になりました。信じられないかもしれませんが、警察署が朝鮮人に襲われた事件もたくさんありました。一部の朝鮮人は非常に恐ろしい暴力集団だったのです。

だから日本としては、彼らを朝鮮半島に送り返したかった。ところが、これを当時の韓国大統領の李承晩《イスンマン》が拒否しました。

一方、韓国は戦後に竹島《たけしま》を占領し、漁船を拿捕《だほ》して数千人の日本人漁民を収容所に入れました。彼らは漁民を人質に交渉してきたのです。そして一九六五年、日韓両国は日韓基本条約と同時に、在日韓国人の法的地位協定を結びました。日本は韓国や在日コリアンの要望を受け入れてしまったのです。

ケント　それが大きな問題を生み出すことになってしまった。日本人の優しさが裏目に出てしまったのですね。

通名《つうめい》制度の悪用を許すな

百　田　在日コリアンに通名を認めてしまったのも、大きな問題を生むことになりました。本当は金《キム》や朴《パク》などという姓のコリアンが、日本名を名乗れるようになったのです。仮に彼らが犯罪を犯しても、産経新聞以外のメディアは、ずっと通名で報道してきました。在日コリアンの犯罪率は高いのですが、通名で報道されると、犯人がコリアンだとは誰も思いません。

ケント　犯罪といえば、元警視庁通訳捜査官の坂東忠信《ばんどうただのぶ》氏にお会いしたときに聞いたのですが、日本で起きている凶悪犯罪は、来日・在日を問わず、中国人と韓国人によるものが多いそうです。ちなみにアメリカ人による犯罪は年間数十件で、その多くは密輸入などドラッグで逮捕されているということも教えてもらいました。

百田　在日コリアンの中には、一度逮捕されると、釈放後にまた通名を変えて別人になる人もいました。当然、日本人や他の外国人はそんなことはできません。つまりこれは「特権」ですよね。

ケント　通名はそんなに簡単に変えられるのですか？

百田　以前は簡単に変えられました。

ケント　本当にやりたい放題だったのですね。

百田　日本では差別に繋《つな》がるという理由から、他人の戸籍は見ることができません。ですから、普通に日本語を話している人の中にも、本当は日本人ではない人がいるのかもしれません。しかし、それを見極めるのは困難です。

ケント　そういえば、日本の運転免許証からは「本籍」の欄がなくなりましたが、それも在日コリアンが騒いだからそうなったという話があります。

百田　そう言われています。昔はその欄を見れば出自《しゅつじ》が明らかになりましたからね。

普通に暮らしている人や、あるいは芸能人やスポーツ選手が在日コリアンだったとしても、それは大した問題ではありません。厄介なのは、日本人のような顔をしてテレビに出演して、日本を悪く言ったり中国・韓国を持ち上げる言論活動をしている人です。

ケント　国会議員の中には帰化した人もたくさんいるのでしょうか？

百　田　います。特に当時の民進党にはかなりいます。ただ、公表している人以外はなかなかわかりません。

ケント　日本名を名乗るコリアンがいる中で、それを批判するコリアンもいます。

以前、「朝まで生テレビ！」（テレビ朝日）に出演して、在日コリアンについて討論したことがあります。番組にはタクシー会社「エムケイ」創業者の故・青木定雄《あおきさだお》氏も出演されていたのですが、青木氏が日本名を名乗っていることに対して、他の在日コリアンが批判していました。そこで私は「日系アメリカ人がいるのと同じように、韓国系日本人がいて何が悪いの？」と訊《き》きました。しかし、彼を批判していた人は呆《あき》れたような表情を浮かべたのです。彼らにはそのような考えはないようです。「強制連行されて日本に来た」という嘘がないと困るからでしょうか。

百　田　アメリカ人は自分のルーツを隠さないでしょう。イギリス系、ドイツ系、イタリア系など、いろいろなアメリカ人がいますが、誰も自分のルーツを隠しません。しかし、日本にいる在日コリアンは隠す人が多いのです。確かに戦前の日本には差別がありました。「あいつは朝鮮人や」と侮辱《ぶじょく》する人もいたと思います。

ケント　それはアメリカも同じで、戦前には差別がありました。当時はどこの国にもあったはずです。

百　田　朝鮮人は「あいつは朝鮮人や」と言われるのが嫌で、日本名を名乗って出自をごまかした面もあります。つまり差別から逃れるために日本名を名乗ったわけです。日本としては善意で通名を認めたのですが、それが仇《あだ》となりました。現在、通名を悪用している在日コリアンは少なくありません。

また併合時代には名前を奪われたと主張しています。

ケント　とにかく韓国人は歴史を捻《ね》じ曲げますね。

「創氏改名《そうしかいめい》」の知られざる実態

百　田　実際は逆です。

李氏朝鮮時代、白丁《ペクチヨン》や奴婢《ぬひ》など下層民には姓がない人がたくさんいましたが、日韓併合後に日本は戸籍を作り、朝鮮半島の人々に姓を与えました。当初、朝鮮総督府は日本風の名前を名乗ることを禁じました。しかし、日本名を名乗って日本人のふりをするほうが得だと考える朝鮮人が多くいました。特に満州や中国に行った朝鮮人の多くは日本人になりすましました。そのため、総督府が禁止しても、日本名を名乗る朝鮮人が増えてしまい、最終的には許可するようになっています。

日本やアメリカでは、男女が結婚したら同じ姓になります。ところが、当時の朝鮮は結婚しても女性の姓は変わりませんでした。そこで日韓併合後に日本の戸籍制度に合わせる形で、朝鮮でも結婚を機に姓が変わるようになりました。つまり日本やアメリカやヨーロッパのように「家」としての名前を付けたのです。これが「創氏改名」の「創氏」の部分ですが、なぜか韓国はこれを、「日本人に名前を奪われた」と主張する理由の一つにしています。それで、後半の「改名」について言いますと、家としての名前を届けるときに、総督府は朝鮮人に好きな名前を名乗らせたのです。するとなんと八割の人が日本名を届けたのです。これは朝鮮人の自由意思です。日本名への強制ではなかった証拠に、届け出をしなかった人は、戸主の名前（朝鮮名）が自動的に家の名前になりました。

一方、戦後の日本ですが、在日コリアンは朝鮮名だと差別を受けるということで、勝手に日本名を名乗っていました。やがてそれが特権となり、彼らはその特権を最大限に活用してきたのです。

ケント　日韓や日中の間で抱えている問題の多くは、日本人の善意がきっかけとなってこじれたものが多いですね。やはり日本人は、両国に対するつき合い方を改めなくてはならないでしょう。

百　田　おっしゃる通りですね。

優遇されすぎている在日コリアン

ケント　それからこの件で私が指摘しておきたいのは、在日コリアンばかりが優遇される一方で、他の外国人は差別されているということです。以前はアパートの部屋を借りることさえ、外国人だからという理由で断わられるような状況でした。もちろん、大家に差別の意識はなかったのはわかります。しかし、在日コリアンに対する優遇の話を聞くと、日本社会は私を含むコリアン以外の在日外国人に対して差別的なのではないかと感じました。

百　田　他の外国の方から見れば、在日コリアンに比べて差別されていると思うのは当然ですね。それくらい在日コリアンに対する優遇が大きいというのが実情です。しかしここまで言ってきたように、彼らがその優遇措置《そち》を得る正当な理由はまったくありません。

ケント　一九六四年、アメリカでは「公民権法」が施行されました。この法律では人種、宗教、出身国で差別することが禁じられています。わかりやすく言えば、有色人種や少数民族に対する差別をしてはならないという法律です。

また、近年のアメリカでは「レイシャル・プロファイリング」が問題になっています。これは、人種によって調査対象を決めて捜査を行なうことを指し、アメリカでは禁止されている行為です。実際に中南米系のドライバーに絞って交通違反の取り締まりを続けたため、有罪判決を受けた保安官もいます。

確かに人種によって犯罪率は違うので、難しい問題ですが、やはりすべての人種を平等に扱う努力をすべきだと思うのです。だからこそ、在日コリアンも平等に扱わなくてはなりません。片方はアパートすら借りるのが大変なのに、もう片方は日本名を名乗り場合によっては生活保護まで受けている。それは絶対におかしい。だから特別永住権などというおかしな制度は撤廃すべきではないでしょうか。

百田　それを考える時期に来ていると思います。やはり、在日コリアンは優遇されすぎていますから。繰り返し言いますが、それは不当な優遇です。

ケント　日本人の国なのに、日本人より優遇されている在日コリアンもいるでしょう。それは本末転倒ですよね。

慰安婦像を建てているのは祖国を捨てた韓国人

ケント　韓国人の中には祖国を捨てて海外に移住して、そこで反日活動を行なっている人がいます。

百　田　韓国人の夢は、韓国以外の国に住むことですからね。にもかかわらず、どこの国へ行っても「反日」の精神だけは忘れない。本当に厄介な民族です。

ケント　私が初めて韓国に行ったのは一九八〇年代の前半です。当時、弁護士をしている友人が韓国で暮らしていたのですが、その友人の話を聞いてびっくりしたことがありました。韓国人は家族でアメリカに旅行できないというのです。理由がすごいのですが、家族全員でアメリカに行くと、二度と韓国に戻ってこないからだというのです。当時の政府はブレイン・ドレイン（頭脳流出）を避けたかったという考えもあったのでしょう。もちろん、いまはそんな法律はありません。

百　田　当時から韓国人には脱出欲があったということですね。

ケント　そうなのでしょう。実際に多くの韓国人がアメリカに移住しています。しかし、いま大きな問題になっていることがあります。

三〇年ほど前の話になりますが、韓国では孤児が溢《あふ》れていました。そこで多くのアメリカ人の家庭が彼らを養子として受け入れました。

二〇〇一年の法改正で、アメリカに渡った孤児は自動的に市民権が得られるようになりました。しかし、それ以前にアメリカに渡った孤児は、受け入れた家庭が申請する必要があったのです。ところが、一部の家族は受け入れた養子の市民権を取得しませんでした。当然、その養子には米国籍がありません。問題は彼らが犯罪を犯したときに生じます。彼らは国籍は韓国籍のままなので、韓国へ強制送還されることになるのです。しかし、彼らは物心がつく前にアメリカに渡っているため、韓国語を話すことができません。だから韓国で就職することもできないのです。また、孤児だということでひどい差別を受けているそうです。

百　田　それは日本人の感覚からすると気の毒な気がします。

ケント　アメリカには約一七〇万人の韓国系アメリカ人が住んでいます。

百　田　そんなにいるのですか。

ケント　しかし、日系アメリカ人は約一二〇万人程度しかいません。

百　田　日本人は内向きになっていて、海外に出る人の数が激減しています。戦後は日本も貧しく、一旗揚げようとアメリカや南米に移住する人がたくさんいました。

ケント　ブラジルやペルー、あとはハワイが多かったですね。

百　田　ところが、戦後の日本は豊かな国になって、気がつけば日本人は海外に出なくなってしまいました。海外より日本の生活のほうがいいと考える人が多くなったのでしょう。

対する韓国は、自国を捨てて海外に移住することに憧れる人が多くいます。ただ、そういう人があまりにも多いと、国を支えるという意識がなくなります。自国が仮住まいという意識になってしまうのではないでしょうか？

ケント　実際にそうなっていますよね。父親の仕事の関係で家族がアメリカに渡った場合、赴任《ふにん》が終わったら帰国するのが普通です。しかし、韓国人の場合は家族ごとアメリカに残るのです。やはり、一度アメリカに移ったら帰りたくなくなるのでしょうね。

もちろん、韓国人がどこに住もうと文句はありません。ただ、彼らは自国で反日を行ない、日本で反日を行ない、そしてアメリカで反日を行なっています。

中国に利用されていることに気づかない韓国

百田　アメリカでは慰安婦像や記念碑が次々と建てられています。

ケント　二〇一七年六月には、米南部ジョージア州ブルックヘブン市の公園に、米公有地では二体目となる慰安婦像が設置されました。それから九月二二日には、サンフランシスコ市の中華街にある公園の展示スペースで、慰安婦像の除幕式が行なわれました。同月一九日には、同市議会は九月二二日を「慰安婦の日」とする決議案を全会一致で採択しています。

百田　アメリカでの慰安婦像の設置運動は、中国系アメリカ人による反日団体「世界抗日戦争史実維護連合会」（抗日連合）がバックについて資金を出しています。つまり、中国と韓国が一丸となって日本を攻撃しているのです。しかし、中韓では取り組み方がまったく違います。韓国の場合は単なる反日、それもヒステリックな反日活動をしているだけです。騒げば金になるということも知っていて、慰安婦が一つの文化となってがなり立てているのです。それは本国の韓国人も同じで、ソウル市内のバスに慰安婦の人形を乗せるなど、めちゃくちゃなことをやっています。これらは単に日本人に嫌がらせをしたいというのが一番の動機です。

ところが、中国の場合は、韓国とは違うことを考えているように感じます。

ケント 中国は、日本とアメリカの信頼関係をぶっ壊して、最終的にアメリカが日本を見放す展開に持っていきたい。

百田 そこです。慰安婦問題を橋頭堡《きょうとうほ》として日米同盟に亀裂を入れようというのが、中国の狙いです。

ケント 米軍が日本から撤退したら、中国としては理想的な展開になります。だから慰安婦問題は、いまでは韓国よりも中国のネタなのだと思います。

百田 中国は尖閣諸島や沖縄を自国の領土にしようと本気で狙っていますが、厄介なのは米軍です。しかし日米関係が壊れたら、自分たちの目的を達成しやすくなります。また、中国はそれだけでなく、日本を国際社会から孤立させたいと考えています。そのためにヨーロッパやオーストラリアなどにも慰安婦像の設置を計画し、韓国も利用しているのです。

ケント　韓国系団体は、実は抗日連合会に利用されているだけなのです。中国の操《あやつ》り人形になっているということです。

百　田　韓国人は本当に何も考えてない。ただ単に日本憎《にく》しでやっているだけです。

ケント　でも、中国に利用されているということに気がついていない。

百　田　香港には五体もの慰安婦像があります。尖閣諸島の中国領有権を主張する団体「保釣《ほちょう》行動委員会」が設置運動をしていて、日本総領事館が入るビル近くにも像があるのです。総領事館は撤去を求めていますが、今後も撤去されることはないでしょう。

ケント　サンフランシスコでの設置運動も、中国人が先導しています。実は韓国系団体はまったく絡んでいない。サンフランシスコの人口の二〇パーセントが中国系住民だからという理由からでしょう。だから慰安婦像設置に関しては、今後は韓国よりも中国を警戒したほうがいいかもしれません。

百　田　中国が仕掛けてきている「歴史戦」は、非常に厄介なものです。日本の名誉だけではなく、先ほども言ったように、日米関係の悪化を目指して仕掛けてきているのだから、国防上の問題にも関わってきます。対する日本政府は、必死になって戦わなければなりませんが、これまでずっと放置してきました。ただ、一部の民間人や在米日本人らが問題意識を持ち、活動を続けてきたことで、ようやく日本政府も重い腰を上げたという状況ですね。

ケント　最近は、外務省も以前に比べるとかなり動くようになりましたよね。慰安婦像が建つという情報が入ると職員が飛んでいって対応しています。

百　田　これからはもっともっと頑張ってもらいたい。

ケント　そうしないと、いつか必ず中国の思惑通りになってしまいます。日本を守るためにも、しっかりと戦わなくてはなりません。

第三章

侵略国家・中国が日本を狙う

領土は一平方センチでも譲《ゆず》ってはならない

百田 一時の勢いはなくなったとはいえ、いまも多くの中国人観光客が来日していま す。そのため、「日本経済は中国頼みなのに、誰も住んでいない尖閣諸島の領有権をめぐって中国と揉《も》めるのはあかん。経済が低迷したら損やないか」と真顔で語る人もいます。

私は大阪に住んでいるのですが、昨今、道頓堀《どうとんぼり》は中国人で溢《あふ》れています。タコ焼き屋や薬屋、お土産屋、ホテルなどはかなり儲《もう》けています。売り上げの六割から七割を中国人が占めているお店もあるそうです。

「中国人観光客がいなくなったら、大阪の経済は終わりやで」と言う人もいます。でも、領土を奪《うば》われるくらいなら経済が低迷するほうがマシです。経済は再生すればいいですが、失った領土は二度と戻ってこないからです。

ケント 日本にはそんなことを言う人がたくさんいます。国家主権に関する常識がなく、目先の利益しか考えていない。戦後、経済を最優先させてきた弊害ですね。

百田 中国人観光客が来ることでお店の売り上げが伸びるのは構いませんが、中国人がいないとビジネスにならないというレベルまで依存するのは危険です。

ケント　韓国は依存しすぎていて大変なことになっています。THAAD（終末高高度迎撃ミサイルシステム）を配備したことに対して、中国は経済報復措置《そち》を取りました。その影響で韓国を訪れる中国人観光客が激減したのです。二〇一七年四月一二日の聯合《れんごう》ニュースの報道によると、同年三月一六日から四月九日までに韓国を訪れた中国人観光客は、前年の同じ時期に比べて六三・六パーセントも減少したそうです。中国人がいなくなって潰《つぶ》れたお店も多いのではないでしょうか。

百田　仁川《インチョン》空港がガラガラになっている写真もありましたね。まさしく閑古鳥《かんこどり》が鳴いている状況でした。

ケント　確かに百田さんが言われた通り、中国人観光客に依存しすぎるのは危険です。ただ、私は中国人観光客がお金を落としていくことに対して、必ずしも否定的ではありません。

観光業の利点は、税収入を比較的容易に増やせることです。自治体は、仮に住民を増やして税収入を確保しようとした場合、増えた住民のために学校などの施設を作る必要が生じます。要するに、住民にサービスを提供しなければならず、莫大《ばくだい》な予算がかかります。ところが、観光客を大量に呼び込んでお金を落とさせたあと、そのまま帰ってもらえば、自治体側の支出はさほど増えません。だから日本国内のどこに行っても中国人観光客がいるというのは、個人的には必ずしも悪いことではないと思います。
もちろん、観光ビザで入国して、そのまま失踪《しっそう》する中国人が多くいるのは大問題です。沖縄に行ってそのまま不法滞在する人もたくさんいるそうですからね。
百　田　それは徹底的に取り締まらなければなりません。
しかし、ある観光地で暮らす知人は、中国人観光客が増加していることに対して恐怖を感じているそうです。理由を訊《き》くと、「彼らの目を見ると怖い」と言うのです。要するに「日本っていいなあ。早くここが中国になったらいいなあ」と考えているように見えるということです。
ケント　中国はチベットやウイグル、そして南モンゴルを侵略していますからね。
百　田　中国人が日本を欲しがる気持ちは、チベットやウイグルよりもはるかに強いでしょう。何しろ日本には、中国にはない素晴らしいものがたくさんあります。
ケント　個人的には、中国が観光客を外交カードにしていることが気になります。韓国の件を見ていても、THAADの配備が気に入らないからと、中国人の渡韓を規制しました。当然、日本に対しても同じことをやる可能性はあります。でも、そんなことをやる国なら、アメリカのようにビザ発給を規制強化すればいい。アメリカは九・一一のアメリカ同時多発テロ事件以降、どんどんビザを規制しています。だから観光業の分野ではかなり損をしているはずです。それでも国の安全を守ることを優先しています。

逆に日本はどんどんビザを緩和しています。観光業で儲けようと考えているのだから、それも一つの方法でしょう。ただし、もし今後中国が「中国人観光客の渡日を規制する」と言ってくるようなことがあったら、どうぞどうぞと、逆にビザを規制してしまえばいい。中国人観光客の不満を中国政府に向けさせるのです。それが外交というものです。

百田　中国は、日本と揉めるたびに勝手な報復行為を行ないますからね。法律もルールも礼儀もあったものではありません。二〇一〇年、尖閣諸島沖の中国漁船衝突事件で、日本が船長を逮捕したことを受けて、中国はレアアースの日本への輸出を止めました。それから同じ年には、河北省《かほくしょう》の軍事管理区域に侵入して許可なく撮影したとして、建設会社フジタの社員四名を拘束《こうそく》しました。もうやることが無茶苦茶です。

ケント　二〇一七年九月一九日の産経新聞の報道によれば、〈2015年以降、スパイ行為に関わったなどとして明確な情報公開もないまま中国当局に拘束された日本人は12人に上り、7月に解放された4人を除く8人が現在も拘束されている〉のだそうです。これは異常ではないですか。

百　田　中国はそういうことを平気でやる国なのです。それだけじゃなく、民衆をそそのかして、日本企業の店を襲わせたりしています。まさしく無法国家です。

ケント　だからこそ、目先の経済的利益を優先して、その他の重要な部分で妥協《だきょう》するなんてことは絶対にやめたほうがいい。お金のために中国に尖閣を譲るなんてあり得ません。領土はたとえ一平方センチメートルであっても、決して譲ってはならないのです。

フォークランド諸島を奪《うば》い返したサッチャー元首相を見習え

百　田　日本人は領土に対する意識が希薄です。それを象徴する話があります。

元朝日新聞主筆の故・若宮啓文《わかみやよしぶみ》氏は、二〇〇五年の朝日の署名コラム「風考計」で、以下のように書いています。

〈例えば竹島を日韓の共同管理にできればいいが、韓国が応じるとは思えない。ならば、いっそのこと島を譲ってしまったら、と夢想する〉

〈見返りに韓国はこの英断をたたえ、島を「友情島」と呼ぶ〉

ケント　誰と誰の友情なの？

百　田　日本が竹島の領有権を放棄して、その代わりに日韓で友情を結ぼうという話なのでしょう。こんなとんでもないことを言う人間が朝日の主筆だったのです！

ケント　ひどい妄想ですね。もし竹島の領有権を放棄して友情島と名づけたところで、日本の友情など一方的に踏みにじられて、慰安婦像を設置されるのがオチですよ（笑）。

百　田　領土に対してまったく真逆の考えを持っているのが、イギリスのマーガレット・サッチャー元首相ですね。一九八二年のフォークランド紛争で、サッチャーは見事な手腕を発揮しました。

当時のイギリスは経済的に低迷しており、軍事的にも弱体化していた。そのような状況下で、アルゼンチンがイギリス領フォークランド諸島に侵攻したのです。島を取り返すには戦うしかない。さすがにイギリス議会も、「あんな遠く離れた島のために戦争までするべきではない」と物怖《ものお》じしました。しかし、サッチャー元首相はこう言い放ったのです。

「情けない、ここには男は私しかいないのか！」

この一言で他の議員も覚悟を決めて、イギリスは武力でフォークランド諸島を奪還《だっかん》しました。

ケント　名言ですね（笑）。サッチャー元首相は本当に素晴らしい指導者でした。どんな事情があっても、領土を他国に譲っては絶対に駄目なのです。彼女もそれをよくわかっていた。だから覚悟を決めて立ち向かったのです。

百　田　日本人もいまこそサッチャーを見習うべきです。

中国人留学生の安易な受け入れは、反日を助長するだけ

百　田　二〇〇八年、文部科学省は「留学生30万人計画」を発表しました。外国人留学生を二〇二〇年までに三〇万人に増やそうという計画です。現在も政府は留学生を多く受け入れています。独立行政法人日本学生支援機構のデータによると、二〇一六年五月一日の時点で、留学生は二三万九二八七人いるそうです。その中で中国人留学生が最も多く、九万八四八三人もいます。

以前、ある大臣とお会いしたときに、奨学金まで与えて中国人留学生を呼んでも、日本

にとってメリットはないのではないかと指摘しました。するとこの大臣は「いや、少しずつよくなっている」と言うのです。何がよくなっているのかを訊いたら、次のような話をしてくれました。

「日本に来てもらって、日本のよさをわかってもらって、親日家になって中国に帰ってもらう。そして彼らが出世すれば日中関係は改善される」

しかし、これをまた別の議員にお話ししたら、その議員は「日本のよさを知れば知るほど、中国人は早く日本を自分たちのものにしなければと考えるだけだ」と否定したのです。私もこちらの意見に賛同します。

ケント　日本によくある「性善説」を前提にした愚かな政策ですね。中国出身の評論家、石平《せきへい》氏の話では、中国人留学生は確かに日本を好きになるんだけど、帰国すると普通の中国人よりも強い反日家になるそうです。そうしないとスパイだと疑われてしまうからです。

百　田　よくわかります。だから中国人留学生を受け入れても、いいことなんて一つもない。

ケント　少子化により学生の数が減っているというのも、日本の大学が留学生を積極的に受け入れている大きな要因なのでしょうね。

百　田　大学は生き残るために留学生を受け入れています。ただ、外国人留学生を増やしたいからといって、多額の奨学金を出して来てもらうというのは、なんだか情けない話です。

ケント　外国人の比率が高すぎる学校もあります。約一〇〇〇人程度の生徒のうち半数以上が外国人という大学もあります。そのような大学を残しておく必要はあるのか。留学生を受け入れないと運営できない大学は、なくしてしまえばいいのではないですか。

百　田　その通りだと思います。現在、日本人の大学進学率は五〇パーセントを超えています。しかし、世の中の仕事で大卒でないと務《つと》まらない仕事は五〇パーセントもありません。大卒率なんて、せいぜい三〇パーセントもあれば十分です。皆が大学に行くからと、本来、大学で学ぶ学力など何もない学生が大量に大学に行っているのが実情です。偏差値が極端に低いFランククラスと呼ばれる大学などはまったく不要なのです。そんな大学を生き延びさせるために、中国人留学生を大量に入れて、われわれの税金から奨学金を与えるなど、まさに本末転倒です。

ケント　アメリカでは面白い現象が起きていて、二五歳くらいの世代では、男性よりも女性のほうが大学進学率がはるかに高くなっています。

大学を卒業して一流企業に入社した女性は、いい給料を貰《もら》うようになります。そうすると、自分より収入の低い、高卒の男性とは結婚したがりません。だから独身の女性が増えているのです。

百田　女性というのは、学歴が自分と同等かそれ以上で、収入が自分より高い男性との結婚を望みますからね。だから高学歴、高収入の女性ほど、結婚相手を見つけるのが難しくなっています。

結婚に関しては、どの国も問題を抱えています。中国では男性が余っています。一九七九年から始まった一人っ子政策の影響で、多くの夫婦が跡取りとなる男の子の誕生を望みました。そのため、お腹《なか》の中の赤子が女の子だとわかると、その時点で中絶を選ぶ人が少なくなかった。農村などでは、生まれた女の子をこっそり殺してしまうケースもあったというからひどい話です。

そのような事情から、現在の中国では男女比が歪《いびつ》になっています。今後三〇年間で結婚適齢期を迎える男性の数は、少なく見積もっても、女性より三〇〇〇万人も上回ることになるといいます。つまりそれだけの男性が余るのです。

この問題を解決するのは極めて難しいですが、石平氏によると、一つだけ解決策があるそうです。その解決策とは、日本を占領することです。中国人男性が日本人女性と結婚して、日本人男性は僻地《へきち》で奴隷労働をさせる。現実にウイグルが似たような状態になっていますよね。

ケント　そんなことは絶対に許してはなりませんが、中国とは非常識で非人道的な解決策を現実に行なってきた国である事実を、日本人全員が知っておくべきです。

それにしても、いまだに中国人留学生に奨学金が出るとは驚きです。反日を掲《かか》げる国の学生のために、日本の国費を使うというのはおかしな話です。中国のＧＤＰ（国内総生産）は日本を抜いて二位になったわけだし、中国政府が面倒を見ればいい。それを条件に中国人留学生を受け入れる形にするのはどうでしょうか。

百　田　石平氏も最初は留学生として来日したのですが、日本での生活は楽だったという話です。学費はもちろん、生活費まで支給されたため、同級生の日本人より、はるかに優雅な暮らしを送っていたそうです。その話を聞いて私は正直複雑な気分になりました。石平氏は日本に帰化して、日本のために活動してくれているので、結果的にはいい形になりましたが、必ずしも石平氏のように親日家になってくれるとは限りません。むしろそれは例外です。石平氏とは逆に、中国に帰って反日活動をする人が少なくないと言われているのですから。日本は何のためにお金を出しているのか。まったく意味がわかりません。

ケント　そんな制度は早く改めるべきですね。いかにも文科省か外務省あたりの利権が絡んでいそうな話です。

技術流出に無防備すぎる日本企業

百　田　また大学を卒業した留学生を、日本の企業が採用するケースも増えています。しかし、中国人や韓国人は日本の技術をパクるでしょう。だから技術系の仕事に就かせることは非常に心配です。

ケント　農産物や魚の養殖技術はずいぶんとパクられました。品種改良された種《たね》を勝手に持って帰った人もいるそうです。

百　田　日本農業新聞の報道では、イチゴ品種が韓国に流出したことで、五年間で最大二二〇億円もの損失があったという話です。それから中国は新幹線の技術をパクりましたよね。

ケント　彼らが日本からパクった事例は数え切れませんし、中韓には弁解の余地がないはずですが、それにしても日本も無防備すぎますよ。

百　田　中韓のパクリに対する情熱は、ある意味すごいですよね。また、パクリとは少し違いますが、日本製を装って商売している人もいます。

　私が聞いた話では、ある中国人が「青森」と銘打ったリンゴを売っていて、日本人が文句を言ったら「よく見てください」とリンゴの箱にプリントされた文字を指したのです。目を凝らしてよく見ると、「青森」の「森」の字が「木」が三つではなく「水」が三つだったそうです（笑）。

ケント　そういえば昔、自宅でビデオの録画予約をしようと機械の表示を見ていた妻が、「この文字の違いがわからない」と言うので確認したら「水曜日」と「木曜日」でした（笑）。「日曜日」と「月曜日」もわかりづらいですね。普通の外国人に違いを見分けるのは難しい。だから青森……ではなく、青に「水」が三つの「青淼」リンゴも、ひょっとしたら日本産のリンゴだと勘違いして買ってしまう人がいるかもしれませんね。

日本の水源地を買い漁《あさ》る中国人。その恐るべき狙い

ケント　近年、中国人は日本の土地を買い漁っているそうです。これは怖いですね。北海道の人が水源地を買われて困っているという話も聞きました。

百　田　そうですね。ただ、中国人は水を中国に持って帰るわけにはいきません。では何が目的かというと、北海道に中国人街を作ろうとしているのです。水資源のない所に街を作っても、どこかから水を運んでこなければなりません。だったら水資源の近くに街を作ればいい。だから中国人は北海道の水源地を買っているのです。

ケント　やはり日本を占領するつもりなのでしょうね。そしてすでに合法的で平和的な日本占領が、北海道では着々と進行している。

百　田　中国はいつか日本を中国の自治区にしたいと考えているはずです。これは長期的な戦略です。しかし、今後中国がさらに強大な国になったとしても、武力で日本を占領するのは簡単ではない。日本には在日米軍がいるし、国際社会から批判を浴びることになるからです。だから武力以外の方法でも日本を乗っ取ることができるように、両面作戦を実

施しています。その合法的手段として、水源地を買い漁っているのです。

ケント　中国共産党の幹部には、亡命先を確保しておきたいという考えもあるのかもしれません。アメリカやカナダの家を所有している幹部はたくさんいます。引退後に移住するための家です。

百　田　実際、多くの幹部クラスの家族は外国で暮らしています。彼らは自国に住みたくないのですよ。国を運営している幹部クラスが自国に住みたくないと考えている、これは異常なことです。他の国ではこんなことはないですよね。

ケント　あり得ませんね。

百　田　二〇〇八年、北海道の支笏洞爺《しこつとうや》国立公園に隣接する苫小牧《とまこまい》市の森林地帯で、リゾート施設の建設構想が持ち上がったのですが、中国人の女性実業家が、土地売買の段階から関与していたそうです。二〇一七年六月二〇日の産経新聞では、この中国人女性について、以下のように報道していました。

〈女性の会社が所有者から購入、MAプラットフォームに転売しており、巨額の転売益を得たとされる。経緯を知る人物によると、女性は「アリババの会長らを連れてきて、中国人の集落をつくりたい」と話していたという〉

〈女性は購入の際、「これから中国人の人口が増えるから学校が欲しい。富裕層の子供を連れてきて、中国人と日本人のインターナショナルスクールを造りたい」「150室ぐらいの中国人用のホテルを建てたい」と土地購入の理由を話していたという〉

バブルが弾《はじ》けるまでは、日本の土地は世界一高く、外国人が買うことはありませんでした。ところが、日本と中国の立場が逆転し、山のようにお金を持っている一部の中国人が日本の土地をどんどん買っています。いますぐにでも規制すべきなのに、日本はボーッとしている状況で、法整備がまったく追いついていません。あり得ない話です。

ケント　以前、北海道で講演したとき、楽屋で「北海道で山を買いたいという夢がある」という話をしたら、講演会の主催団体に所属している不動産業者からたくさん資料が送られてくるようになりました。原生林ではなく、比較的きれいに整備されている山ですらも一〇〇〇万円程度で買えます。北海道はとにかく土地が安い。

百田　めちゃくちゃ安いです。中国人は日本のことなど何も知らずに北海道の土地を買っています。だから、とても住めないような土地を騙《だま》されて買っているという話もあります。原野《げんや》商法で騙されて、阿呆《あほ》みたいに安い土地を買っているケースもあるといいます。

中国人は知らないのでしょうが、冬の北海道は本当に厳しい。絶対に人が住めない土地もたくさんあります。

ケント　だからといって、中国に好きなように買われていいのかと言ったら、それはまた別の話ですが……。

一億人の無戸籍者を他国へ移住させようとしている

百　田　恐ろしい話があります。二〇一五年一二月一〇日の産経新聞の報道によれば、中国国務院は、国内の無戸籍者に戸籍を与える方針を発表したそうです。中国は長年にわたって一人っ子政策をとってきたので、二人目の子は届けないケースが非常に多く、彼らは「黒孩子《ヘイハイツ》」と呼ばれています。中国政府公式発表によると無戸籍者は約一三〇〇万人ということですが、実際にはそんな数では済みません。数千万人から一億人くらいと言われています。二億人以上いるのではないかと言う人もいます。

彼らには戸籍がないので義務教育を受けられないし、結婚することもできません。地方で奴隷労働をするしかないような状況です。ところが中国政府は、そんな彼らに戸籍を与えると言い出したのです。何のために戸籍を与えるのかといったら、パスポートを支給して海外に送り出すためです。

いま中国はアフリカなどに工場を作って、どんどん中国人労働者を送り込んでいますが、その労働者たちは片道切符で渡っています。

ケント　中国で面倒を見られない人々を他国に押しつけているということですね。

百　田　ひどい話です。でも、中国はすでに人が住める国ではないのです。水や空気が深刻なまでに汚染され、しかも食の安全がない、人が山のようにいる。共産党の幹部クラスの家族が外国に住んでいるのはそのせいでもありますが、庶民はそういうわけにはいきません。このままでは不満分子の暴動が起きるかもしれないので、無戸籍者を海外に移住させようとしているのです。

現在はアフリカなどの発展途上国がその対象になっていますが、中国の隣には日本があります。彼らが狙わないわけがありません。

ケント　そうなる前に日本は手を打たなければ、大変なことになりますね。

中国は、北は北海道から南は沖縄の尖閣諸島まで、虎視眈々《こしたんたん》と日本の領土を狙っています。日本は防衛費をもっと増やす必要がありますね。

百田　なぜか日本では、ＧＤＰの一パーセントを防衛費に充《あ》てるというのが基準になっています。しかし、この基準には何の根拠もありません。防衛費は、仮想敵国の状況によって決めるべきもので、ＧＤＰで増減するものではないはずです。「自分の家の隣に怖い人が引っ越してきたから、玄関の鍵を丈夫な物に替えよう」というのが防衛です。「うちの父ちゃんの給料が減ったから玄関の鍵を外そう」というものではありません。

ケント　確かにその通りだ（笑）。

百田　日本はその辺《あた》りのことをまったく理解していません。

ケント　トランプ大統領は尖閣諸島について〝We stand behind you〟と言いました。要は「後方支援をしてやるよ」ということです。ですから、仮に尖閣をめぐって中国と衝突することになったら、アメリカは日本をサポートしますが、アメリカが先頭に立って戦うわけではありません。だから日本は、防衛というものを、いま一度考え直したほうがいい。

当時のジェームズ・マティス国防長官は〝We stand beside you〟と言いました。これは「一緒に行動しましょう」ということです。ただし、誰も〝We stand before you〟とは言っていません。「日本が本気でやるのならアメリカは喜んで手伝うよ」という話です。

百　田　それは当たり前ですよね。アメリカは、尖閣は日米安保の範囲内であると言ってくれています。しかし、実際に尖閣で有事が起こったときに、米軍が戦ってくれるのかといったら、やはりいくつかの条件があります。

第一の条件は、自衛隊が戦うことです。自衛隊が「すみません。日本には憲法九条があるから、戦えませんねん。アメリカさん、戦ってください。ぼくらは後ろから応援しますから」と言っても、アメリカが「そういう事情なら仕方がない。わしらが代わって戦うから安心しろ」なんて言って戦ってくれるわけがない。誰も住んでいない他国の無人島のために、アメリカからやってきた青年が犠牲になるような戦いをするはずがないのです。

だからこそ、まずは日本が戦う。そのとき初めてアメリカがバックアップしてくれることになります。

ケント　確かにその通りです。ただ、一つだけ例外があります。アメリカの国益に適《かな》えば米軍は勝手に戦います。日本の希望を無視してでも戦います。

百　田　確かにそうですね。

尖閣《せんかく》、最も怖いシナリオ

百　田　あと、もう一つ日米安保で米軍が戦う条件は、尖閣が日本の施政下になければならないことです。「日本が統治している」「実効支配している」場所であることが条件です。

この何年間か、中国は飽きもせず、懲《こ》りもせず、連日尖閣周辺に漁船や公船を派遣しています。これがずっと続くと、いつか国際社会は「尖閣周辺は中国が実効支配しているやないか」と判断するかもしれません。仮にいまの状況が五年続いたとします。そのとき中国が「この五年間、日本の漁船は一隻もやってきていないが、中国の漁船はのべ数万隻が行き来していた」と主張したら、国際社会はどう判断するでしょうか。日本が抗議したところで、誰も耳を傾けてくれなくなるかもしれません。

ケント　中国の船は尖閣周辺を航行しているのに、日本の漁船は立ち入れないというのは、本当におかしな話ですよね。

百　田　とはいえ実際には、もし中国が尖閣に手を出してきたら、アメリカは対抗措置《そち》を取るとは思います。なぜなら、尖閣が中国の手に渡るというのは、沖縄の米軍にとっては、喉元《のどもと》にナイフを突きつけられるようなものだからです。

ケント　中国は南シナ海で領有権を主張して、勝手に人工島を作っています。アメリカはその件に憤《いきどお》っていますから、中国が尖閣を実効支配することは絶対に許しません。でも、日本はアメリカに過度な期待はしないほうがいいですよ。やはりこれは根本的に、日本が立ち向かうべき問題だからです。

百田　おっしゃる通りです。ただ、沖縄は米軍にとっても大切だから、尖閣で何かあったら、アメリカが何とかしてくれると思い込むのは非常に危険です。

私の中で最も怖いシナリオは、アメリカが「中国と手を結んだほうが得ちゃうかな。もう日本は切ろうか」と判断することです。そうなったら日本は終わりです。「落ち目の日本と組むより、中国と手を結んだほうが経済的にも軍事的にも一挙両得や」と判断されたら、これはえらいことです。ケントさんもアメリカに帰りますよね？

ケント　帰りますよ。そうなったら私はもうお役御免《やくごめん》です（笑）。でも、それはいますぐにはないでしょう。経済的な観点で、中国にいまだに大きな期待を寄せているアメリカ人はいます。しかし、中国は政治体制があまりにもひどすぎます。まったく信用できない。

アメリカには、「どんな国も経済的に豊かになれば民主主義国家になる」という考えがあります。ですから、中国を援助して豊かな国にすれば、民主主義国家になると思っていました。たぶん、日本もそのように考えていたのではないでしょうか？

百田　そうでしょうね。

ケント　でも、そうなりませんでした。昔のほうがまだマシでした。

多額のODAの恩も忘れて、踏《ふ》ん反《ぞ》り返る国

百田　日本には「衣食足りて礼節を知る」という言葉があります。衣食が確保できてから、初めて礼儀に心を向ける余裕ができるという意味です。これは中国の古典『管子《かんし》』からのことわざなのに、いまの中国はまったく逆ですね。

数十年前、発展途上国だった中国は、日本にペコペコと頭を下げてきて、「すみません、お金をください。お願いします」と頼んできては、「日中友好」と調子のいいことを叫んでいました。対する日本も「戦時中は迷惑をかけたから」と言って、長年にわたって援助をしてきたのです。

次に中国は、「ぜひ中国に会社や工場を作ってください。中国は労働力が安いですよ」

と言って、日本企業を誘致しました。中国は日本にどんどんお金を貢《みつ》がせたのです。また、多額のＯＤＡも受けていました。

そうこうするうちに、日本の経済状況が悪化しました。普通の感覚なら「日本の皆さま、いままでありがとうございました。次は私が助ける番です。恩返しに援助させていただきます」となるものではないですか。でも中国は違いました。「おい日本！　尖閣取るぞ、この野郎！」と言ってきたのです。日本からしたら「何⁉　その掌《てのひら》返し」という話です。中国は自分たちが豊かになれば、過去の恩などお構いなしに、踏ん反り返る国なのです。本当にどうしようもない国です。

ケント　中国の本性はいまではアメリカもわかっています。

百　田　一九八〇年代から九〇年代にかけて、中国が「世界の工場」と言われた時期があり、欧米の企業は挙《こぞ》って中国に工場を建てました。人件費が安かったからです。しかし、実際に中国に進出すると、中国人の本性が露《あら》わになりました。真面目に働かないし、嘘はつくし、中には工場を乗っ取ろうとする人までいたのです。一九九〇年代から二〇〇〇年代にかけて、欧米の企業はこれを「チャイナリスク」と呼びました。つまり中国に進出していた企業は大変な目にあうということを認識するようになり、どんどん中国から撤退していきました。
　ところが日本企業は、逆にその時期から進出するようになったのです。本当に間抜けな話です。そしていま、日本企業は中国から撤退できない状況にあります。撤退しようものなら、莫大な違約金を請求されることになるからです。私の知人にも中国に進出して、すべて取られてしまった人がいます。

ケント　撤退するにも、稼いだお金を持って帰ることができません。さらに会社や工場にある物はすべてそのまま置いておくようにと言われます。放棄しなければ撤退できません。

百　田　夜逃げするしかないような状況です。

ケント　中国の経済状況は、いまどのような状況なのでしょうか。中国政府が発表している数字なんて、嘘が多いでしょう。だから実態は把握しにくいと思います。

百　田　何年も前から「中国経済崩壊」などと言われていますが、まったく潰れませんよね。これは市場経済に国が強引に介入して支えているからです。一種のごまかしなのですが、果たしていつまで続くのか、全然わかりません。

ケント　そうですよね。中国が今後どうなるのか想像すらつきませんが、中国に何が起きても影響を受けずに済むよう、リスクヘッジを考えてつき合ったほうがいいです。日本の政府も企業も、最悪の事態を想定することは苦手かもしれませんが、これは非常に重要で当然の仕事なんだから、言霊《ことだま》思想なんか捨てて真剣にやってくださいね。

なぜ中国は世にも奇妙な国なのか

百田　中国はまったく民主化されていない国です。中国には昔から中華思想がありますが、いまの中国人が中華思想に囚《とら》われているのかというと、これがまた難しい。独裁国家なので国民に意思はありません。だから国民の総意として中華思想はあるのかというと、まったくわからない。特にいまの中国は習近平《しゅうきんぺい》の個人の意思で運営されているので、国民の意思などないに等しいのではないですか。

ケント　「中国が世界の中心」という考えを彼らは抱いていると思います。人民は深く考えていないとは思いますが、やはり根づいている。

中国は戦後、チベットやウイグル、南モンゴルを占領して、ベトナムも取ろうとしました。国境をめぐってはソ連やインド、ブータンとも揉めているし、朝鮮戦争にも参戦している。現在は日本まで狙っています。これらは厳然たる事実です。

百田　ただ、それは昔からの中華思想とは違いますよね。かつての中華思想は中原《ちゅうげん》の地がすべてであり、他は化外《けがい》の地だという考えです。「化外の地」とは蛮族の住む地であり、中華の権力や法律の及ばない地という意味です。だからかつての中国王朝は覇権主義ではなかった。チベットなどの他国、あるいは東アジアを支配するという意識はなかった。

たとえば、万里の長城の内側が自分たちが住む所で、その外側は蛮族どもの地だと考えていました。野蛮な奴らに「お前たち、これ以上入ってくるな」という意味で、万里の長城を作ったのです。だから中国は一度たりとも万里の長城の外側にある野蛮の地を支配したことはありませんでした。領土を拡大することなど興味がなかったのです。その証拠に、歴代の中国王朝は、長い歴史の中で朝鮮半島を一度も支配していない。興味がなかったからです。

ところが、一九四九年から中国共産党が支配するようになり、中国は一気に変わりました。

ケント　共産主義の影響で、外向きの覇権国家に変貌したのでしょうか。共産主義者は共産主義を世界に広めるという使命感を持っているからです。

百　田　はい。かつてのソビエト連邦の真似をしているのかもしれません。

ロシア革命が起こって一九二二年にソ連が誕生すると同時に、赤軍はウクライナなど周辺国家を次々と支配し、領土を拡大していきました。おそらく中国もそれに倣《なら》っているのでしょう。毛沢東《もうたくとう》崇拝もヨシフ・スターリン崇拝の真似です。第二のソ連になろうとしているのです。

ケント　冷戦時代にはアメリカとソ連が世界中で代理戦争をやりました。ソ連が進出するとアメリカも進出する。アメリカは世界の共産化を防ぐため、ときには独裁政権を支援しました。健全な民主主義政権は、一朝一夕《いっちょういっせき》には作れないからです。

百　田　そうですね。当時のアメリカは、共産主義の拡大を食い止めるのは自分たちだという使命感を持っていました。ベトナム戦争がその象徴で、これは実はアメリカとソ連の戦いでした。

ところが現在、リベラルの連中は、アメリカがベトナムを無茶苦茶にしたと言っています。ベトナム自身もアメリカに勝ったと言っています。確かにベトナムは勝利しましたが、ベトコン（ベトナム解放戦線）がアメリカ軍と互角以上に戦えたのは、ソ連から多大な支援と大量の武器の援助があったからです。

ケント　アメリカが支援していた南ベトナムの政権は、腐敗し切っていました。それが最大の敗因です。腐敗がひどいと、いずれ必ずその政権は倒れることになります。蔣介石《しょうかいせき》の国民党も腐敗がひどすぎて、国共内戦で毛沢東の共産党に負けました。

百田　話をソ連と中国に戻すと、ソ連と中国はずっといい関係を築いていました。ところがスターリンの死後、ニキータ・フルシチョフが指導者になると、ソ連ではスターリン批判が巻き起こりました。すると中国は、ソ連に背を向けるようになったのです。フルシチョフのソ連と協調路線を取ることは、スターリン批判を認めることになるからです。だから中国は背を向けました。なぜなら、もしスターリン批判を認めてしまうと、毛沢東批判に繫《つな》がる可能性があったからです。

その時点から、中国はソ連とは違う道を進むようになりました。そしてこれは私の考えですが、中国は自分たちこそ共産主義の盟主だと思い込み、ソ連の代わりに共産主義を広めるという、帝国主義を彷彿《ほうふつ》させる考えが混ざり合い、世にも奇妙な国となっていったのです。

ケント　覇権国家を目指して侵略を続ける一方で、元来あった中華思想から、他の民族を野蛮人だと決めつけている。だからチベットやウイグルで平気な顔をして弾圧や虐殺ができるのかもしれません。中国には近代国家としての要素が何一つ見当たらない。

人類史上最悪の腐敗国家

百　田　一九七八年に鄧小平《とうしょうへい》が最高指導者になると、中国は改革開放という経済政策をとり、資本主義を導入しました。しかし、民主国家のもとでの資本主義ではなく、一党独裁のもとに行なわれる資本主義だから、腐敗も凄《すさ》まじいことになっています。

ケント　一党独裁となると、腐敗は付き物ですね。

百　田　ルールはトップが作るのですから、トップは勝ちまくります（笑）。

ケント　だから中国のお金持ちは本当にハンパない。

百　田　一九七〇年代後半に、鄧小平が資本主義を導入するまでは、中国は世界の物笑いの種みたいな国家でした。広い国土にほとんどインフラはなく、工業は発展せず、人は多いけれども誇れるものを何一つ生み出せない前近代国家だったからです。おまけに礼儀もマナーもなく、旅行者からも呆《あき》れられていました。ところが、資本主義を導入したことによって、彼らはお金を得ることを学んだのです。

ケント もともと共産主義思想には、一部の人が資産を持っているのがいけないという考えがあったはずでしょ？

百田 富《とみ》の分配を理想の一つに掲げていますからね。

ケント しかし、いまの中国では富が一部に集中しています。貧富の格差が凄まじいことになっているのです。共産主義者が批判した、資本主義社会の格差どころではない！

百田 そういうことです。一党独裁のもとでの資本主義ですから、勝ち組はとことん勝ち組になる。一方、負け組は奴隷みたいになる。中国の全国人民代表大会の議員には資産一〇億人民元（約一七〇億円）のビリオネアがわんさかいます。日本はもちろん、アメリカの議員でもそんな資産を持ってる人間なんていませんよね？

ケント 二〇一五年の報告書によれば、資産が最も多い議員はモンタナ州グレッグ・ジアンフォルテ下院議員で、その額は三億一五〇〇万ドル（約三四六億円）で、一億ドル以上は他に二人しかいません。

百田 それが中国の人民代表にはゴロゴロいるのだから……（笑）。

ケント 中国では、腐敗以外に巨額の富を蓄積する方法はありませんよね。

百　田　現在の中国は人類史上最悪の腐敗国家だと思います。かつてのソ連の共産党幹部でもこんな蓄財はできませんでした。

ケント　共産党はいつまで国を維持できるのか。腐敗した国はだいたい消滅します。習近平もそれを知っているから、建前上はどんどん腐敗を払拭《ふっしょく》しようとしているのですが、それによって敵が増えてしまったり、優秀な人材が海外に流出したりしています。

百　田　ただ、一方で彼は独裁化をどんどん進めています。過去の独裁者は革命で倒されていきました。しかしながら、中国や北朝鮮はそうした歴史をよく勉強しています。過去に倒れた独裁国家の轍《てつ》を踏まないように、革命が起こらないシステム、一般国民を抑《おさ》えつけるノウハウを熟知しているのです。

かつてジョージ・オーウェルが『アニマル・ファーム』という小説を発表しました。動物たちが理想国家を作ろうとするも、一匹の豚が独裁者になり、恐怖政治が敷かれる様子を描いた作品です。中国ではこの作品以上にひどいことが行なわれています。さらに北朝鮮ではそれ以上のことが行なわれていますが。

ケント　普通、独裁者が権力を失うときは、徐々に民主化しようという流れが止められなくなって、最後は一気に崩壊するものです。もし中国がこの先二〇年も三〇年もこの体制のままで腐敗を払拭して、少しずつ本当の資本主義国家に生まれ変わることができたら、初めての成功例になるかもしれません。

百田　中国に、腐敗の自浄能力があるとは思えません。

ケント　となると、やはりこれまでの独裁国家と同じように、一気に崩壊する道を辿《たど》ることになるはずです。

中国の民主化は危険か

百田　私はそれも起こらないのではないかと見ています。というのは、国民が共産党に刃向《はむ》かえないシステムがほぼ完成しています。そんな芽が生じるとただちに摘《つ》み取られるからです。それに中国の国民は歴史上、民主主義を一度も経験していません。長い歴史の中で、奴隷のように生かされてきたからです。今でも、一〇億人はいると言われる農村戸籍の人は、都市には住めません。また一億人前後いると言われている黒孩子の存在もあります。つまり自由というものをまったく知らない人々なのです。

それに、これはケントさんと意見が分かれるかもしれませんが、私は中国の民主化は危険だと思っています。

ケント　なぜですか？

百　田　中国は独裁国家として自国民を抑えつけています。そして繰り返しになりますが、貧富の差は激しく、一部が超特権階級になっています。しかし彼らはある意味、アメリカやヨーロッパの国々と上手くやっていこうとしています。自分たちの資産をそうした国に移し、子供たちを住まわせています。彼らは自国民の幸せなどは微塵《みじん》も考えていなくて、頭の中には、自分たちの富と権力を守ることしかありません。逆説的になりますが、だから戦争は起こらないとも言えます。

ケント　なるほど。

百　田　しかし、もし革命で政権がひっくり返って、それまで虐《しいた》げられていた民衆が自分たちの国家を作ったらどうなるのか。そのときはもしかすると、恐ろしいまでのナショナリズムが生まれるような気がします。アメリカやヨーロッパと一見対立しているように見えて、実は裏で上手くやっていくような現政権ではなく、真っ向から対立する政権が誕生するかもしれないと思います。一三億人をバックにした史上最も恐ろしい、化け物のような独裁者が出てくるかもしれません。

盗賊国の親玉が運営してきた国

ケント　中国で革命は起きるのか、それとも起きないのか。どう思いますか？

百　田　革命は起きないのではないかと思います。というのは、先ほども言ったように中国の民衆は昔から意識がめちゃくちゃ低い。上から虫けらのように扱われるという、ある種の諦《あきら》めがあるからです。

しかし何があるかはわかりません。中国の歴史を見ると、誰かが天下を取ると最初は上手く運営します。しかし、時間が経つにつれ変貌します。その原因は遺産相続にあります。中国では等分に相続していきます。例えば子供が三人いると、三等分して相続します。これが何代も続くと、一人当たりの富は少なくなっていきます。すると徐々に天下が荒れていき、飯が食えない人がたくさん生まれることになるのです。そのような人々は盗賊団になります。不平不満の塊《かたまり》になって暴れまくるのです。当然、そのときどきの地方の役人や軍が鎮圧するのですが、そのうち地方の軍などより強い武力集団が生まれます。この集団が他の集団を吸収していき、やがて大きな軍閥のようになる。その親玉が、もしかしたら天下を取れるかもしれないと考え、実際に行動に出る。そして本当に天下を取ってしまいます。中国の歴史はこの繰り返しです。極端なことを言うと、盗賊団の親玉が国を運営してきたのです。

ケント　いまの中国もまさにそうですね。

百　田　毛沢東もそうでした。最初はチンピラ集団の首領でした。彼らは「一村一焼一殺、外加全没収」という方針を掲げて行動しました。まずは村を襲い、その村の地主を殺害し、その財産や娘や妻を奪います。屋敷や土地や物は村人に与え、村を解放します。その代わり、村から数人を兵隊にします。そうやって村を潰して勢力を拡大していき、最終的には国民党を打ち破って天下を取ったのです。

ケント　無茶苦茶なやり方ですね。

百　田　毛沢東は天下を取った後もどれだけの自国民を殺したのか、わかりません。経済政策は何度も失敗しました。農産物や工業製品の増産を目指した大躍進政策は、一九五八年から三年間にわたって続きましたが、この政策は完全に失敗して、数千万人もの国民が餓死しました。そして反右派闘争や文化大革命でも多くの人々を殺害しました。人類史上、最も多くの人を死に追いやった人物です。それも自国民を、です。

ケント　それでも共産党が残ったというのはすごい。単なる独裁政権だからですね。

百田　そうだと思います。共産主義は隠れ蓑《みの》で、要は単なる独裁政権です。

中華思想に囚われているのはむしろ日本人

ケント　私が心配しているのは中国の軍事力です。人民解放軍は兵士の数が多く、今後、陸軍は三〇万人削減しようとしていますが、それはそれで大きな問題を生みそうです。職を失った軍人による反乱が起きるかもしれないからです。何かの改革をしようとすると、必ず損をする人が出ます。もし中国に革命軍のようなものができてしまったら、どうなるのでしょうか。中国には核兵器があります。政府のコントロールが利かない革命軍が核兵器を持ってしまったら、本当に恐ろしい事態に発展する、その可能性はゼロではないのです。

百田　中国は自国民を殺すことなんて屁《へ》とも思わない国ですからね。恐ろしい内戦に発展する可能性がないとは言えません。

ケント　しかし、なぜか分裂しません。

百田　それが中国の不思議なところです。一〇〇〇年前の中国の領土は、現在の西ヨーロッパと同じくらいの面積でした。ローマ帝国が崩壊してから、西ヨーロッパではいろいろな国が生まれて、そのたびに戦争が起きて国境線を引き直してきました。二〇世紀になってからも、何度国境線が変わったか、わからないくらいです。あんな狭いエリアの中に小さな国がたくさんあります。ところが、それより遥かに大きく、言葉も民族も違うのに、現在の中国は、なぜか分裂しないのです。その理由はわかりません。

ケント　分裂どころか、現在の中国は隣国にまで漢民族を送り込んで、勢力を拡大している状況です。

百　田　非常に厄介《やっかい》な国ですね。ただ、昔は異民族に何度も支配された国です。清《しん》を作ったのは北方の女真《じょしん》族だし、元《げん》を作ったのはモンゴル人だし、唐《とう》を作ったのは鮮卑《せんぴ》族です。隋《ずい》を作った煬《よう》氏も鮮卑族と言われています。一説には漢《かん》が滅んだとき、純粋の漢民族はほぼ絶滅したとも言われています。そういう意味では、中国という国は捉《とら》えどころのない国です。

それはともかく、現在の中国は凄《すさ》まじい覇権主義を唱《とな》えています。それを可能にしているのは経済力です。

ケント　確かに中国の経済力は上がりました。しかし、対する日本も、同等の経済力があると思います。中国政府の公式発表は信じられないため、もしかすると、まだまだ日本の経済力のほうが上なのかもしれません。また、国民一人ひとりの能力は、間違いなく日本のほうが上でしょう。人口は中国の一〇分の一しかいなくても、総合力では中国より優《すぐ》れています。

インフラも中国より整っています。国際社会からの信頼や人気も、日本のほうがずっと高い。にもかかわらず、なぜ日本は中国に怯《おび》えているのでしょうか。特に外交などを見ていると、とにかく中国を怒らせないようにしていると感じます。中国は問題の多い国ですが、日中の間に抱えている問題の多くは、結局は日本が生み出したものだと思います。中華思想に囚われているのは、実は日本人なのではないかという気持ちさえします。

その証拠に日本のメディアは中国を批判しませんよね。

文化大革命を褒《ほ》めそやした日本のマスコミ

百田　日中が国交回復したときに「日中記者交換協定」という協定を結びました。ざっくり言うと、中国を批判しないという内容の協定です。もう解消されていますが、産経新聞以外の新聞社は、いまだにこの協定を守っている状態です。

ケント　中国を批判して、北京《ペキン》支局が閉鎖されることを恐れているのでしょうか。中国に気を使って国益を損ねるくらいなら、支局を閉鎖してしまえばいい。

百　田　文化大革命のときは、日本のマスコミは中国を褒めそやしました。

ケント　文革で何が起きているのか、ちゃんとわかっていました？

百　田　最初、私たちはまったくわかっていなかった。正しい報道がなされなかったからです。ところが、徐々に文化大革命はおかしいと気がつきました。それを最初に書いたのが産経です。すると産経は北京から追い出されてしまいました。

　それから他の新聞も、文化大革命を批判する記事を書くようになり、次々と北京から追い出されました。しかし、最後まで北京に残った新聞社がありました。

ケント　それは間違いなく、朝日新聞ですね（笑）。

百　田　正解です（笑）。朝日は文化大革命の悪口を一切書きませんでした。それで北京に支局を残すことができました。

ケント　マスコミだけでなく、例えば日本の外務省も、中国に対して強く言いません。尖閣沖に中国の船がやってきても「遺憾《いかん》」と言うばかりです。

百　田　そう。先ほども言いましたが、「遺憾」なんて何度言っても効果はありません。

ケント　やはり中華思想に囚われているのは、日本なのではないですか?

漢文の授業なんか廃止したらいい

百　田　もしかしたら、そうなのかもしれません。日本人には昔から中国に対する憧れがあります。中国は偉大な国だと思っているのです。もちろん、韓国人のような小中華、あるいは中国の属国という意識を持っているわけではありませんが、日本人は中学や高校の授業で漢文を習います。それが中国に対する思いを勘違いさせているのです。

漢文は中国語そのものではないのですが、すべて漢字です。文章をただ上から読むのではなく、日本が独自に作ったルールで読んでいきます。発音も中国語ではなく日本語の読み方をします。

漢文は昔から教養の一つとされていて、日本人は一所懸命勉強してきました。たとえば孔子《こうし》が書き残した文章を学ぶのです。「子曰《しいわ》く」とか「子曰《しのたまわ》く」と読んでいきます。江戸時代の寺子屋でも、子供たちは暗唱していました。つまり昔から中国に対してある種の憧れがあって、それがいまだに尾を引いています。

ケント　漢文は一二点《いちにてん》やレ点《れてん》などがあり、読むのが本当に難しい。

百田　実は私は漢文が好きでしたが、果たしてこれをセンター試験の科目にする必要があるのかと思っています。中国語をやるというなら、まだわかりますよ。けど、漢文は厳密には中国語とは違います。日本語風にして、中国文化に接するという、要するに趣味の世界なのです。

私は以前、中国への誤った憧れを助長する漢文の授業など廃止にしたらどうかということを、「SAPIO」(小学館)で訴えたことがあります。それでネット上で大炎上しました。「百田はなんちゅうことを言うのや」と、むちゃくちゃ叩かれました(笑)。

日本人は昔から『三国志《さんごくし》』『水滸伝《すいこでん》』が大好きで、これらの作品が中国の偉大な古典だと勘違いしている人が多い。しかし、実際には少し違います。オリジナルは記録に毛の生えたような読み物ですが、それを日本の作家たちが日本風にアレンジして、素晴らしい文学に作り変えたのです。ところがそれを日本人は「やはり中国の物語はすごい!」と、有難がって読んでいる。それで、いつのまにか中国はすごい国だと思ってしまうのです。今でも多くの日本人の潜在的な意識の中に、中国に対する憧憬《しょうけい》と尊敬の念があります。

ケント　だから私が著書で「儒教なんてろくでもない」と書いたのは、インパクトがあったのでしょうね。多くの日本人は、儒教は素晴らしいものであると考えているわけですから。

百　田　韓国がどうしようもない国というのは多くの日本人も知っていましたが、中国も立派な国ではなかったという指摘に驚いたのではないでしょうか。中国はすごい、儒教はすごいと考えていたのが日本人ですからね。そのカルチャーショックから、大ベストセラーになったのでしょう。その意味では、すごく価値ある本でした（笑）。

昔から日本は、中国の政府高官や中国の偉大な人のことを「大人《たいじん》」と呼んでいます。中国をいろいろな意味で「大きな国」だと考えているからです。全然、「大人」ではないのですが。実にせこくて狡《こす》くて卑劣な国です。決して「大きな国」ではない。

ケント　アメリカのほうが国土面積は大きいですが……（笑）。

百　田　日本人にある中国に対する潜在的な憧れは厄介で危険です。私も「中国は大した国ではない」と方々で言っているのですが、それでも日本人の中国に対する憧れは根強い。

ケント　中国が何をやっているのか、それを知れば憧れなんて消え去るはずです。やはり事実を伝えていくことが大切なのだと思います。

「歴史戦」で負けっぱなしの日本

ケント　第二次大戦中に日本で過酷な労働をさせられたことを理由に、中国の元労働者らが三菱《みつびし》マテリアル（旧三菱鉱業）に対して損害賠償と謝罪を求めました。結局、同社は謝罪を行ない、和解文書に調印したそうです。

百　田　二〇一六年六月一日の産経新聞報道では以下の通り報道しています。

〈謝罪の表明とともに1人あたり10万元（約１７０万円）を支払うことなどで、元労働者らと和解した〉

〈三菱マテリアルで働いた元中国人労働者は計３７６５人。関係者によると、確認された元労働者や遺族のうち、「9割以上との和解が成立した」としている〉

つまり同社は六〇億円以上ものお金を支払うのです。

ケント　絶対に払うべきではありませんでした。支払ったことによって、面倒臭い事態に発展するでしょうね。

百　田　法律的に言うと、悪《あ》しき判例を残してしまいました。三菱マテリアルは「どうせ中国でまだまだ儲けるから、六〇億円くらいは必要経費や」と考えたのかもしれません。しかし、そんな理由で支払われたら、日本人は堪《たま》ったものではないですよ。

ケント　今後も請求してくることになりますからね。

百　田　他の日本企業も訴えられるはずです。企業は自分の会社のことだけを考えて中国で行動してはなりません。三菱マテリアルの件は、政府が支払いを食い止めるべきでした。

ケント　中国から責められると、どうも日本は過剰に反応してしまいます。それではいけない。中国は内政干渉を平気でやる国です。日本の歴史教科書にも文句を言ってきています。それを無視できたらいいのですが、なぜか日本人は中国のいちゃもんに本気で向き合ってしまいます。中国は国益を考えて、「ダメ元」で文句を言っているのだから、言われるままに訂正したら日本が不利になるのは当然です。仮に日本が中国に文句を言ったとしても、中国は返事すらしないでしょう。だから日本も無視すればいいのです。

百　田　責任転嫁《てんか》するわけではないのですが、やはりＧＨＱが施したＷＧＩＰ（ウォー・ギルト・インフォメーション・プログラム）の影響です。

ケント　明らかにそうですね。WGIPで日本人は自信を失いました。

漢民族が満州を支配したことは一度もない

百田　日本人はずっと中国に対する憧れを抱いていたものの、一方で戦前の日本人は中国人を軽蔑していました。日清戦争で清を倒し、その後の中華民国の体《てい》たらくを見て、「日本をこんなひどい国にしてはならない」と反面教師にしたのです。だから日本は富国強兵を掲げてアジアの盟主になりました。対する中華民国は、どんどん国の状態がひどくなり、最終的に日中は戦争することになりました。ただ、日本には中国を侵略する意図はありませんでした。

日本は満州を独立させました。「日本は満州を侵略した」という指摘もありますが、漢民族が満州の地を支配したことは一度もありません。中華人民共和国の時代になって、初めて支配したのです。

ケント　満州は万里の長城の外側ですからね。

百田　その通りです。歴代の中国王朝は、万里の長城の外側からやってくる勢力を阻止《そし》するのに精一杯だったのです。

ところが一六〇〇年代に、ヌルハチという女真族の男が万里の長城を越えてきて、明《みん》を倒して中国を支配しました。そうして誕生したのが清です。しかし、一九一一年に辛亥《しんがい》革命が起こり、中華民国という国ができました。このとき漢民族は約三〇〇年ぶりに清から中国を取り戻したのです。

建国時、初代中華民国臨時大総統を務めていた孫文《そんぶん》は、前の王朝である清の領土をそのまま継承すると宣言しました。その領土には、女真族の満州も含まれていました。しかし、それまで漢民族は一度も満州を統治したことがなかった。にもかかわらず、勝手に満州を中華民国の領土だと宣言したのです。

ケント　それは大きな問題に発展したことでしょう。

百　田　ただ、宣言はしたものの、中華民国が満州を実効支配できたわけではありません。そこは張作霖《ちょうさくりん》という男が実効支配していたからです。それで中華民国は張作霖と争っています。その地に、日本が一九三二年に満州国を建国しました。満州は女真族の地だということで、中華民国から追い出された清朝最後の皇帝・愛新覚羅溥儀《あいしんかくらふぎ》を元首とする満州国を建国したのです。満州国は日本の傀儡《かいらい》国家でしたが、日本は理想の国にしようと尽力しました。

ケント　朝鮮や台湾だけでなく、満州の近代化まで進めたのだからすごい。

百　田　大和民族、朝鮮民族、満州民族、モンゴル民族、漢民族が協調して暮らせるよう「五族協和《ごぞくきょうわ》」を目指したのです。

教科書に載らない、残虐な通州《つうしゅう》事件

ケント　中華民国は怒ったのではないですか？

百　田　そうですね。ただ、当時、世界の国々は、満州がどこの国の領土なのか、よくわかっていない状況でした。なんとなく中華民国の領土ではないのだろうと思っていたのかもしれませんが、ではどこの国の領土かと言われれば、答えられないような状況だったのです。

そうこうするうちに満州国ができた。すると怒った中華民国はゲリラ戦を仕掛けてきたのです。そのたびに日本は「ええ加減にせえ」と対抗して、日中では小競《こぜ》り合いが続きました。そして一九三七年、盧溝橋《ろこうきょう》事件が起きました。演習中の華北《かほく》駐屯日本軍一木《いちき》大隊の中隊が射撃された事件で、これを機に日中は戦争に突入したのです。また、この事件の直後には通州事件が起きました。北京近くの通州で日本人居留民二二五人が中国人兵士に虐殺された事件です。これは教科書にも載らないので、多くの日本人が知らない事件ですが、想像を絶するほどおぞましい事件です。人間というのはここまで残虐なことができるのか、と吐き気を催《もよお》します。

これ以外にも、とにかく日本人がひどい目にあわされた事件は何度も起こりました。それで、とうとう日本の堪忍袋《かんにんぶくろ》の緒《お》が切れた。ただ、日本の戦争目的は、中華民国を占領することではなく、蔣介石にゲリラをやめさせることにありました。

盧溝橋《ろこうきょう》事件は中国共産党が仕掛けた？

ケント　盧溝橋事件で発砲したのは、共産党がやったという話もありますよね。

百　田　そういう説もあります。実はそれまでにも日本と中華民国は小競り合いを繰り返してはいましたが、全面的な戦争には至りませんでした。ところが、互いの軍が対峙《たいじ》する緊張状態の中でいきなり中華民国が発砲してきて、一気に本格的な戦争になったのですが、これは中国も日本も望んでいることではなかった。なのに、なぜ？　という疑問がありますが、実は中国共産党の連中が日本軍に発砲して、日本と国民党が戦争するよう仕掛けたのではないかという話があります。というのは、中国共産党はずっと国民党と戦っていて、その国民党が日本と戦争することで弱体化すれば、自分たちが中国を支配できると考えていたからです。

ケント　もしそれが事実なら、共産党は本当に厄介な存在です。

百　田　真相は闇の中ですが、戦後、国民党を追い出して中華人民共和国を作った毛沢東は、「われわれが勝利できたのは日本軍のお陰だ」ということを言っています。共産党が日本軍に国民党を潰《つぶ》してもらいたいと思っていたのは間違いありません。だから、もしかすると盧溝橋事件の裏には中国共産党がいた可能性はあります。

そうして実際に日中戦争に突入したのですが、日本は首都の南京《ナンキン》さえ落とせば戦争は終わると予測していました。しかし、日本は考えが甘かった。一九三七年には南京は陥落したのですが、国民党を指揮していた蔣介石は重慶《じゆうけい》のほうまで逃走して、徹底抗戦すると宣言したのです。そしてそのままずるずると戦争は続いてしまいました。

蔣介石《しょうかいせき》の「南京」発言で帳尻を合わせた連合軍

ケント　国民党はアメリカからの支援を受けて抵抗していました。国民党はプロパガンダを巧《たく》みに使い、アメリカを味方につけていたのです。

百　田　日本が南京を占領したときも、蔣介石は子飼いのジャーナリストを使って、「日本軍は南京でたくさんの市民を殺害した」と世界に向けて嘘を言いふらしました。ところが世界は誰も相手にしなかった。当時の南京には欧米から来た特派員がいたから、事実でないのはすぐにわかったのです。

しかし、一九四五年に大東亜戦争が終わり、東京裁判が始まると、蔣介石は再び同じ主張を始めました。すると、すべての戦争責任を日本に押しつけたかった連合国も「そうだ。日本は多くの市民を虐殺した」と声を上げたのです。東京大空襲、広島と長崎の原爆などで、民間人を何十万人も殺している連合軍は、日本も南京で民間人を大量に殺したと主張して、帳尻を合わせたのです。

ケント　それがいまだに尾を引いているわけですね。日本は戦後、中国に何を言われても反論しませんでした。その結果、捏造《ねつぞう》の歴史が事実であるかのように語られ、どんどん国益を失っています。もちろん、敗戦国として国際社会で大きな声を出しづらかったという事情があったのかもしれません。しかし、もう終戦から七四年になります。おかしなことにはおかしいと言わなければなりません。

日本に賛同する国はたくさんある

百　田　二〇一七年八月、第三次安倍第三次改造内閣が発足して、河野太郎《こうのたろう》氏が外務大臣に就任しました。直後の七日には、訪問先のフィリピンで会談した王毅《おうき》外相に、面と向かって「失望した」と言われました。

ケント　河野大臣は、河野談話を発表した河野洋平元官房長官の息子さんなので、中国は、味方をしてくれるのではないかと期待していたのでしょう。しかし、会談に先立つ東アジアサミット（ＥＡＳ）外相会議で、河野大臣は南シナ海問題をめぐる中国の行ないを批判したのです。

百　田　河野大臣は特に失望させるようなことは言っていないのに、王毅外相は脅《おど》しをかけてきた。しかし、河野大臣は「中国に大国としての振る舞い方を身につけてもらう必要がある」と反論しました。まあ大人の毅然《きぜん》とした対応で、一応は評価したいと思います。

でも、私個人としては、「わしの発言のどこが問題やねん！　失望してるって何やねん！　わしら中国に対して一〇〇倍失望しとるわ！」くらい言ってもらいたかったですよ（笑）。

また王毅外相は「日本はアメリカの言いなりだ」という批判をしたそうですが、「お前も習近平の言うがままやないか！」と言ってやればよかったんです。

ケント　それくらいのことが言えたら大したものですね（笑）。

日本はそろそろ立ち上がるべきときです。中国の横暴に困っているのは日本だけではありません。日本が立ち上がったら、日本に賛同する国はたくさんあるはずです。だからビビらず、毅然として中国に立ち向かってもらいたいですね。アメリカは必ず支持しますよ。

第四章

メディアは日本の敵だ

『カエルの楽園《らくえん》』が現実に！

ケント　百田さんが書かれた小説『カエルの楽園』（新潮社）は見事な作品でした。未読の方には少しネタバレになりますが、崖《がけ》の上にある平和な国・ナパージュに住むツチガエルたちは、「カエルを信じろ、カエルと争うな、争うための力を持つな」という「三戒《さんかい》」を掲《かか》げています。そしてこの三戒があるから、平和は保たれているのだと盲信《もうしん》しているのです。しかし、凶暴《きょうぼう》なウシガエルが南の崖を登ってくるようになり、ナパージュに危機が訪れます。それでも三戒を守ろうとするツチガエルの姿は、平和ボケした戦後の日本人そのものでした。

個人的には物知りとしてカエルたちから信頼を集め、毎日朝と夕方にみんなの前で演説するデイブレイクに注目して読みました。

百田　デイブレイクはこの物語の裏の主人公です。

ケント　デイブレイクは夜明けという意味ですから、要は朝日ということですよね。また、デイブレイクは漢字で書くと「日壊」となります。

百田　「日本を壊《こわ》す」ということですね。

ケント　ダブル・ミーニングですね。このネーミングは天才的だと思います。

百　田　ありがとうございます。

ウシガエルが南の崖を登ってくることに対して、デイブレイクは、例えば「こんなことで大騒ぎしてはならない」などと話すのですが、実はこういったセリフを小説のためにわざわざ考える必要はありませんでした。普段、阿呆なテレビのコメンテーターたちが言っているセリフをそのまま書けばよかったからです（笑）。

ケント　確かにそうですよね（笑）。

百　田　二〇一七年八月、この作品は文庫化され、巻末で櫻井《さくらい》よしこ氏が解説を書いてくださいました。

櫻井氏はデイブレイクのセリフが、普段から新聞やテレビで見聞きしている主張と同様であると指摘され、それぞれ三つずつ例を挙げられました。まずはデイブレイクのセリフです。

〈ウシガエルは虫を追っていて、うっかりと南の草むらに入ってきただけかもしれない。あるいは草むらが珍しくて、見学に来ただけかもしれない〉

〈こんなところに我々が集まっていては、緊張を高めるだけです〉

〈とことん話し合えば、必ず明るい未来が開ける〉

ケント　どれも印象的なセリフでした。

百　田　続いて『カエルの楽園』を出版してから約四カ月後の二〇一六年六月九日、中国軍艦が初めて尖閣沖の接続水域に侵入したときの朝日新聞の社説です。

〈今回の行動に習近平政権の意思がどこまで働いていたのか。（中略）軍艦の行動が意図的なものか、偶発的だったのかも不明だ〉

〈事実関係がわからないまま不信が募れば、さらなる緊張を招きかねない〉

〈対話のなかで、お互いの意図を理解し、誤解による危機の拡大を防ぐ〉

デイブレイクのセリフと同じでしょう？

ケント　ほとんど同じですね。

百　田　櫻井氏は以下のように書かれています。

〈奇妙なことにデイブレイクたちの言葉とまったく同じです。これは偶然の一致でしょうか。それとも百田さんは、中国軍艦の侵入と朝日新聞の社説を予言していたのでしょうか〉

私としては、著作権侵害で朝日を訴えたいくらいです。私の小説をパクって社説を書くなよと（笑）。

ケント　本当ですね（笑）。

百　田　面白いのは、普段テレビのニュース番組やワイドショーを見ても、偏向《へんこう》報道とは気づかず、「このコメンテーターはええこと言うなあ」と頷《うなず》いている人も、この小説を読むと「なんやこのカエル、阿呆ちゃうか」と感じるという点です。テレビに出ている人と同じセリフをカエルに言わせると、おかしな意見だということに気がつく。それが面白かったです。

ケント　『カエルの楽園』をきっかけに、一人でも多くの日本人が目を覚《さ》ましてくれることを願います。

次々と国際問題を作り上げている「朝日新聞」。中韓に利用されていることに気づかないのか！

ケント　デイブレイクと朝日新聞の話が出たところで、この問題だらけのメディアの話をしましょうか。

百田　朝日新聞は一九七〇年代から八〇年代にかけて、いわゆる「南京事件」を積極的に広めたとんでもない新聞です。中国が外交カードとして「南京」を利用するようになったのは、その後のことです。

慰安婦問題も同様です。朝日は一九八二年に、韓国・済州島で朝鮮人を強制連行したという故・吉田清治《よしだせいじ》の話を記事にして広めました。これは三二年後に朝日新聞自身が記事の誤りを認めて訂正するまで一六回も関連記事として書きました。それ以外にも、朝日新聞は朝鮮人女性を強制的に慰安婦にしたというデタラメな記事をいくつも書きました。その結果、何が起こったかと言うと、韓国が日本を非難し、賠償請求を言い出したことです。実は朝日新聞が慰安婦キャンペーンを行なうまで、韓国が慰安婦に言及したことは一度もありませんでした。朝日新聞は日韓の間にそれまで存在しなかった問題を作り上げて、二つの国の関係をおかしくしてしまったのです。

しかし朝日は日本と中韓の関係を悪化させる目的で、この二つの問題に火を点《つ》けたわけではなかったのだと思います。では、朝日の目的は何だったのか。とにかく日本政府が憎《にく》くて憎くて、政府の痛手《いたで》になることなら何でもやりたかったのです。それが結果的には国際問題となってしまいました。

首相の靖国参拝をめぐる問題も同様です。終戦から約四〇年間、歴代首相が計五九回も参拝していたのに、中韓からの抗議は一切ありませんでした。しかし、朝日が一九八五年に「特集・靖国問題アジア諸国の目」と題して、首相の靖国参拝を批判するネガティブキャンペーンを展開すると、中国はその直後に、首相の靖国参拝に対して初めて正式に反対表明を行ないました。朝日が中国にわざわざ注進《ちゅうしん》したような形です。そして一九八六年には、当時の中曽根康弘《なかそねやすひろ》首相が参拝を見送りました。それ以降、首相の参拝は極めて難しくなっています。これも朝日新聞が作り上げた国際問題です。ちなみに中国が抗議すると、韓国も便乗して抗議するようになりました。

ケント　報道方針を決めているのは誰ですか？

百　田　誰なのでしょうか。現社長は渡辺雅隆《わたなべまさたか》氏ですが……。朝日新聞の歴代社長や編集委員の中に、とにかく日本という国を貶《おとし》めたいという強い願望があったのは確かです。これは社として伝統的な姿勢です。

ケント　朝日の狙いがわからない。完全にブラックボックスです。朝日の内部には中韓の工作員がいるのではないかと勘繰《かんぐ》りたくなりますが、単に反日的な思想を持った日本人がいるだけなのかもしれません。

百田　そうだと思いますよ。社内に反日日本人がいる。ただ、社員のすべてが反日かといえば、そんなことはない。日本を壊したいと思っている人は一部なのだと思います。残りは反政府・反権力がジャーナリストだという愚かしい考えを持っている人や、ウォー・ギルト・インフォメーション・プログラム（WGIP）にどっぷりと染まった人、あるいは「日本はかつてアジアの国々に迷惑をかけた」と信じ込んでいる人もいるのだと思います。とにかく、いろいろな人が交ざり合っている伏魔殿《ふくまでん》のようなややこしい新聞社です。

厄介なのは、日本と戦うことが良心的な行動と思っていることです。戦前の日本を否定することが正しい行ないと信じているのですが、そのためなら嘘記事を書いてもいいと考えているようです。そしてそれが中韓に利用されています。ただ、哀《あわ》れなことに、当の朝日新聞の社員たちはそれに気づいていません。

本多勝一《ほんだかついち》のいわゆる「南京事件」、吉田清治《よしだせいじ》の「強制連行」……。嘘を拡散した朝日新聞

ケント　朝日新聞が大々的に取り上げた吉田清治は詐話師《さわし》であり、彼が講演会で語ったり、著書『私の戦争犯罪：朝鮮人強制連行』（三一書房）で書いた強制連行の話はフィクションです。

朝日も、吉田の話が嘘であるということは最初からわかっていたはずですよね？

百　田　朝日は思想的に大きな問題がある新聞ですが、調査能力は極めて高いです。吉田という人物が講演会で、泣き叫《さけ》ぶ朝鮮人女性を強制連行したという話をしていることを知った際、吉田のことを徹底的に調べたと思います。調べないはずがない。

そして当然、吉田の話は怪しいという結論に達したと思うのです。ところが、編集委員かデスクか、上のクラスがそれを伏せてゴーサインを出した。吉田は怪しい人物で、その話も嘘だが、記事にしてしまえと。それを誰が決断したのかは、おそらく永久に謎《なぞ》でしよう。

昨今、日本でも「フェイクニュース」という言葉が認知されるようになりました。要は

「偽の記事」ということです。メディア批判を続けるトランプ大統領が頻繁《ひんぱん》にこの言葉を使っているため、一気に知れ渡りました。

そして朝日は、まさにフェイクニュースを発信している新聞ですが、それでも当時は新聞社としての誇りもあったはずです。だから裏を取ったはずなのです。その上で、これは面白いからと敢《あ》えて事実に蓋《ふた》をしたのでしょう。

ケント 売り上げを伸ばすためにですか？

百田 それもあるのかもしれませんが、それよりも戦時中の日本を糾弾《きゆうだん》してやるという「正義の人」を気取りたかったのでしょう。吉田の嘘記事を書く以前も、同じことをしています。

一九七一年、当時朝日のエース記者だった本多勝一は、中国で取材を行ない、「中国の旅」という連載をしました。取材とはいっても、中国側が準備した人物に話を聞いただけの、レベルの低いものです。そして本多はこの連載で、いわゆる「南京事件」を取り上げました。記事を読んだ日本人はびっくりしました。朝日新聞がまさか嘘を書くわけがないと思っていたから、読者はショックを受けたのです。そしてこの記事を読んだ中国が、これを政治利用できると考え、今日、日中間の大きな問題にまで発展しています。

ケント　結果から見れば、彼はまさに国賊《こくぞく》です。

百田　戦後、朝日はずっと反政府的な言論活動を続けています。「南京事件」を取り上げたのも、日本政府を責めるために書いたのだと思います。

本多自身が「中国の旅」の連載がフィクションだということを認めています。自身の中国の印象を書いただけなのだと、訳のわからない言い訳をしています。

ケント　本当に最低の記者ですね。ここまで大事になることは予見していなかったとしても、事実確認を怠《おこた》る無責任さは、ジャーナリスト失格です。

百田　本多の「南京事件」や吉田の「慰安婦の強制連行」の記事を読んで、当時、多くの日本人が驚きました。しかし、中には「ほんまかいな」と疑い、実際に調査した人がいました。歴史学者の秦郁彦《はたいくひこ》氏もその一人で、強制連行は事実なのかどうかを調べるために済州島まで出かけ、島民や地元新聞社を取材しました。そして吉田の言うような強制連行の事実はない、ということが明らかになりました。

吉田自身も、生前、強制連行の話が嘘であることを認めています。「週刊新潮」一九九六年五月二・九日号の記事によれば、次のように語っていたのです。

〈本に真実を書いても何の利益もない。関係者に迷惑をかけてはまずいから、カムフラージュした部分もあるんですよ。事実を隠し、自分の主張を混ぜて書くなんていうのは、新聞だってやることじゃありませんか。チグハグな部分があってもしょうがない〉

ケント　まったく反省の色がなかったのですね。

百　田　朝日の記事が出た直後は、他の新聞社も後追い記事を書きました。ところが、何年かすると産経新聞などは訂正しました。「吉田の話、嘘やんけ」ということがわかったからです。にもかかわらず、朝日だけは二〇一四年八月に記事の誤りを認めるまでの三二年間、何度も何度も強制連行を肯定する報道を繰り返しました。吉田自身が嘘だと認めたにもかかわらず、朝日はずっと訂正しなかったのです。すごい新聞でしょう？

ケント　こんな新聞を読んでいるのはどんな人なのですか？

百　田　朝日は「良心の新聞」だと信じている人たちです。もう軽い宗教に近いものがあります。外国人のケントさんには、理解できないでしょうね。私も理解できません。

ケント　昔は、大学の試験に朝日の一面コラム「天声人語」を引用した問題が出るから、「受験生は朝日を購読するように」と言われていたそうですね。

日本人に根深い自虐《じぎゃく》史観を根付かせた、朝日の大罪

百田　朝日はイメージ戦略がすごいのです。「朝日は日本の良心」というイメージを利用して、戦後、日本人に「自虐史観」をどんどん植えつけました。朝日のおかげで、日本人の自虐史観は、当初GHQが想定していたよりも根深いものとなりました。これを取り払うのは大変ですよ。

ケント　いま発行部数はどのくらいなのでしょうか？

百田　公称は六〇〇万部程度と言われていますが、実売は四〇〇万部程度ではないでしょうか。部数水増しのため販売店に注文させて買い取らせる「押《お》し紙《がみ》」が、売り上げの約三〇パーセントを占めているという話もあります。

ケント　これからも部数はどんどん減っていくでしょうね。

百田　ただ、朝日の読者の多くは、本当に朝日のことが大好きです。

ケント　なぜですか？

百田　朝日の論調が好きなのです。

ケント　反政府的な論調が？　なんで？

百　田　長年朝日を読んでいるから、洗脳されているのかもしれません。朝日の読者はリベラルが大好きで保守が嫌いです。以前、櫻井よしこ氏がおっしゃっていたのですが、彼女が理事長を務《つと》めている「国家基本問題研究所」の意見広告を様々な新聞に出しても、朝日新聞の読者からのリアクションは極端に少ないというのです。

ケント　自分の意見とは違うと捉《とら》えた読者が多かったということですね。

百　田　書籍の広告も同様です。本を出版すると、出版社は新聞に広告を出します。そして出版社の営業部は、どの新聞の広告でどの程度の反響があったのかを調べるのですが、私の本は朝日に広告を出しても売り上げが伸びないということがわかりました。朝日の読者は私のことが大嫌いなのです（笑）。

ケント　朝日を読んでいるとおかしな思想に洗脳されてしまいますから、百田さんのことを「右翼小説家」と誤解しているのかもしれませんね。

百　田　昔は「何となく朝日を読んでいる」という読者がかなりいましたが、今はフェイクニュースを平気で流す反日新聞であることが知れ渡り、多くの読者が離れました。それでも今も朝日新聞を購読し続けている人は、「俺は朝日が好きなんだ」という強い意思を持っているように感じます。だから本当に厄介です。

ケント　戦後、朝日はずっと国民から支持を受けてきたのですか？

百　田　そうですね。ＧＨＱのＷＧＩＰに則《のっと》って、「日本人の反省と贖罪《しょくざい》」を訴えてきた新聞社です。日本人は反省が好きな民族ですから、朝日こそ日本の良心と勘違いしたのかもしれません。朝日はそれを利用して部数を伸ばした偽善《ぎぜん》新聞ですが、いささかやりすぎたようです。

以前は朝日新聞と毎日新聞が二大新聞でした。しかし、いまの毎日はガタガタです。まったく売れていません。

ケント　なぜ毎日は落ちぶれたのですか？

毎日新聞凋落《ちょうらく》のきっかけは西山《にしやま》事件。彼は最低の記者だった

百　田　一九七二年の西山事件がきっかけでした。

一九七一年六月に日米間で沖縄返還協定が結ばれ、翌年五月の沖縄返還が決まったのですが、毎日新聞の記者、西山太吉《にしやまたきち》はとんでもない情報を入手しました。返還に伴い、

アメリカが沖縄の地権者に支払う土地原状回復費四〇〇万ドルを、日本政府が肩代わりすると密約した、という情報を入手したのです。

ケント　西山記者はその情報をどこから入手したのですか？

百　田　当時、外務省に勤めていた女性事務官からです。この女性は人妻だったのですが、西山は酒を飲ませて籠絡《ろうらく》して、肉体関係を結ぶと、夫にバラされたくなかったら外務省の書類を持ってこいと命令したのです。

女性事務官は言われるがまま、西山に書類を渡しました。すると西山はその書類の情報を新聞では取り上げず、当時の最大野党、日本社会党の議員に渡したのです。そして社会党は、書類をもとに当時の政府を追及、この一件は大きな話題になりました。そして、「書類の出どころはどこなのか」という話になり、その後すべてが明らかになったのです。

当初西山は、書類を持ち出したことは内緒にすると女性に約束していたそうです。しかし、社会党の議員から書類の入手先を訊《たず》ねられると、すぐに女性事務官の名前を明かしてしまいました。

ケント　記者としても人間としても最低ですね。

百　田　女性事務官は機密漏洩罪《きみつろうえいざい》の疑いで逮捕され、懲役六カ月（執行猶予一年）の有罪判決、西山も懲役四カ月（執行猶予一年）の有罪判決が下されました。なんと驚いたことに女性よりも罪が軽かったのです。

ケント　そしてこの事件を機に、毎日新聞は凋落したのですね？

百田　そういうことです。当時の日本人は「なんちゅう記者だ。いくら真実を追求するのが記者の仕事でも、男のすることではない！」と怒りました。それで多くの人が毎日新聞の購読を止《や》めたのです。それで毎日新聞は倒産寸前になりました。当時の日本人はそういう義侠心《ぎきょうしん》があったのです。

レッテル貼りの印象操作報道がまかり通っている

ケント　二〇一七年七月、「そこまで言って委員会ＮＰ」（読売テレビ）で、朝日、毎日、読売、産経の元記者や現役記者と共に番組に出演しました。私は四名の話を注意深く聞いていたのですが、朝日より毎日の元記者が、おかしなことばかり言っていたような気がしました。そういえば、百田さんと私が理事を務める「放送法遵守《じゅんしゅ》を求める視聴者の会」の宿敵の一人である岸井成格《きしいしげただ》氏も、毎日新聞の人でしたね。

番組では沖縄基地問題について議論をしました。日本の左派は、一九四五年の沖縄戦のときに「日本は沖縄を見捨てた」とよく言いますが、私は、それは間違っていると指摘しました。沖縄戦のとき、日本各地から兵士が沖縄に行きました。朝鮮半島からも日本軍が戻ってきています。一所懸命、沖縄を守ったのです。そしてアメリカに負けたというだけの話です。日本は沖縄を見捨てたわけではないと話しました。

するとと毎日の元記者は、以下のように反論してきたのです。

「やっぱり沖縄が日本に、まさに日本の内地《ないち》になったというのはね、明治以降のことですよね。それで沖縄の歴史とか、あるいはアメリカの占領下に入って、ベトナム戦争のときに、ある意味アメリカ軍の標的、軍事演習の標的にされたり、そういう歴史があるわけですよ。つまりこれ、日本政府に戦後も見捨てられている。いまもそうだってことを言っている。それが沖縄を見捨てているということ」

この元記者は、毎日新聞を退社後、琉球新報ワシントン駐在記者を務めていたそうなので、どちらかというと琉球新報の立場を代弁したのかもしれませんが、いずれにせよ言っていることはめちゃくちゃです。このようなタイプの人が、「思い込み」を修正できない最大の理由は、客観的事実に興味がないからです。

政府は平成二九年度の沖縄振興予算総額として、三一五〇億円も確保しています。これほどの予算が支給されている都道府県は他にありません。お金がすべてではありませんが、日本政府がいまも沖縄を見捨てているなんてことは絶対にありません。

この元記者に限らず、とにかく日本のメディアは何事に対しても、取材前から結論ありきだと感じます。客観的事実を積み上げて結論を出すジャーナリズム精神が存在しない。レッテル貼りの印象操作報道ばかりするから、おかしなことになるのだと思います。

公共放送ＮＨＫの偏向報道はこんなにひどい

ケント　朝日新聞と並んで大きな問題を抱えているのがＮＨＫです。

百　田　ＮＨＫが厄介なのは、国民から半ば強制的に受信料を徴収《ちょうしゅう》しているにもかかわらず、反日プロパガンダのような報道をしている点です。捏造《ねつぞう》も平気でやっています。

二〇一七年八月一三日には、ドキュメンタリー番組「ＮＨＫスペシャル」で「７３１部隊の真実～エリート医学者と人体実験～」という特集を放送しました。

７３１部隊とは、当時の満州国ハルビン市郊外に設置された防疫《ぼうえき》部隊です。それが変な誤解をされるようになったのは、一九八一年に小説家の森村誠一《もりむらせいいち》氏が『悪魔の飽食《ほうしょく》：「関東軍細菌戦部隊」恐怖の全貌！　長編ドキュメント』（カッパ・ノベルス）を出版してからです。この本は売れに売れ、７３１部隊は細菌戦部隊であり、中国人捕虜など多数の外国人で人体実験をして殺害したというデタラメな情報が拡散されてしまいました。いまだにこの嘘を信じている人が国内外にいます。

番組では、モスクワのロシア国立音声記録アーカイブに所蔵されている、一九四九年のハバロフスク裁判のオリジナルの磁気《じき》テープを紹介していました。ハバロフスク裁判は日本に責任を負わせることが目的の不当な裁判だと言われていますが、その裁判の音声を証拠として、番組では以下のように解説していたのです。

「細菌兵器開発のために、生きた人間を実験の材料として使ったと証言されていました」

「生きたまま実験材料にされ亡くなった人は、三〇〇〇人にも上《のぼ》ると言われています」

ケント　終戦直後はアメリカもその情報を信じていました。

７３１部隊の創設者は陸軍軍医中将の石井四郎《いしいしろう》ですが、彼は東京裁判にはかけられませんでした。その代わりにアメリカは７３１部隊の実験データを得たという話がありました。しかし、実際にはそんな物はもらっていなかったようですね。人体実験の事実はなかったからです。アメリカが、731部隊は人体実験を行なっていると考え、膨大《ぼうだい》なデータの蓄積があるはずだと勝手に思い込んでいただけなのです。

百　田　当時の日本は防疫に力を入れていました。東南アジアには日本にない病原菌があり、寄生虫もたくさんいました。ペストに感染する危険性もあったといいます。だから731部隊は薬の開発などを行なったのです。その最大の目的は日本人兵士の命を守ることでしたが、結果的にはアジアの多くの人々を助けることにも繋《つな》がりました。実際に東南アジアの多くの村を病気の蔓延《まんえん》から守っています。それなのに、まるで殺人部隊のように言われており、公共放送のNHKまで特集したというのは大問題です。

「731部隊の真実」を制作した人がどういう思想の持ち主なのかわかりませんが、そういう番組を作る人は、先ほど言ったように、「正義を貫いている」と勘違いしているケースが多いのです。そして結果的に、中国、韓国、北朝鮮の国益に適《かな》った番組を作ることになり、また実際彼らに利用されています。

ケント　最近のNHKは、戦前・戦中の日本やアメリカを糾弾する報道が多いように感じます。日米分断を狙っているのではないでしょうか。第二次世界大戦中、アメリカには日系アメリカ人で構成された第442連隊戦闘団という部隊があったのですが、NHKでは、当時の日系人は人間扱いされず、ひどい目にあっていたという番組を放送していました。

百　田　442連隊はヨーロッパ戦線で大活躍しました。死傷率三一四パーセントという数字が物語る通り、国のために勇敢《ゆうかん》に戦った部隊です。後に多くの勲章《くんしょう》をもらっています。

ケント　人間扱いされていなかったなんてとんでもない。多くのアメリカ人が最大級の敬意を表《ひょう》した部隊ですよ。ハリー・S・トルーマン大統領は、ワシントンD.C.で彼らを直接出迎え、「君たちは敵と戦っただけでなく、偏見《へんけん》と戦い、そして勝った」と演説しました。彼らの愛国心を顕彰《けんしょう》する公園や銅像もあるし、ヨーロッパでもその功績《こうせき》を讃《たた》えられています。戦後の日本のメディアがWGIPに服従し、日本人が持つ献身的な精神や優秀性を全否定したかったから、日系アメリカ人部隊の功績やそれに対する評価を意図的に報じなかった。だから日本人の大半は事実を知らないわけです。それを日米分断の材料に利用するとは悪質ですね。

百　田　二〇〇〇年、旧日本軍の慰安婦制度の責任追及を目的に、元朝日新聞記者の故・松井やよりらにより、法廷のような形式で「女性国際戦犯法廷」という抗議運動が開催されました。するとＮＨＫは翌年、ＮＨＫ教育テレビの「問われる戦時性暴力」と題する特集番組で、この女性国際戦犯法廷を取り上げたのです。もっとも、当初の予定とは違った内容で放送したため、後に主催者から訴えられましたが、そもそもなぜこんなものを取り上げたのか。まったく意味がわかりません。

ケント　二〇〇九年に放送されたドキュメンタリー番組「ＪＡＰＡＮデビュー」第一回の「アジアの〝一等国〟」という特集では、「台湾人は漢民族」と言ったり、「日台戦争」など史実にないことまででっち上げました。また、ロンドンの博覧会に台湾の原住民・パイワン族が出席して、自分たちの文化を披露《ひろう》したことに対して、番組では「人間動物園」という言葉を使い、日本が無理やりパイワン族の方々を見世物《みせもの》にしたと紹介したのです。これには取材を受けた台湾人も怒りの声を上げ、やはり後に裁判にもなりました。

百　田　私がＮＨＫの経営委員を務めていたときも、本当におかしなことがありました。「ニュースウオッチ９」で「在日コリアン３世　変わる結婚観」という特集をしていたのですが、キャスターの大越健介《おおこしけんすけ》氏は、締《し》めの言葉として以下のように語ったのです。

「在日コリアンの一世の方たちというのは、一九一〇年の韓国併合後に強制的に連れてこられたり、職を求めて移り住んできた人たちで、大変な苦労を重ねて生活の基盤を築いてきたという経緯があります。時代が移って結婚の形も多様になってきていますが、ご紹介した人たちは、いずれも、形は違っても自分たちのルーツを大切にしたいという気持ちを持っている人たちでした」

これを見ていた私は、さすがに頭にきたので、翌週の経営会議で「おかしいやろ！」と怒鳴りました。いま日本にいる在日コリアンは、強制的に日本に連れてこられた人や、その子孫ではないのです。

前述の通り、戦時徴用《ちょうよう》され日本に来て、昭和三四年の時点で日本に残っていた朝鮮人は、当時日本にいた約六一万人のうちわずか二四五人で、全体の約〇・〇四パーセントでしかなかったのです。

また、当時朝鮮半島に住む人々は日本人だったから徴用されたのです。それなのに「一九一〇年の韓国併合後に強制的に連れてこられた」とはどういう意味なのか。大越キャスターの言い方では、日本人は朝鮮人にひどい行ないをしたという印象を受けます。だから経営会議でその点について指摘したのです。ＮＨＫ側は必死になって言い訳をしていましたよ。

ＮＨＫにはこのようなデタラメなことを平気で言うキャスターがいるのです。

ケント　ひどいキャスターですね。ただの勉強不足か、確信犯なのかは知りませんが。

ＮＨＫは外国人職員の実数を、なぜ公表しないのか

百　田　そうですね。ＮＨＫにはいろいろと問題があります。イギリスのＢＢＣは国営放送ですが、ＮＨＫには公共放送という不思議な肩書きがついています。また、ＮＨＫは国民から受信料を徴収して運営しているのですが、外国人を雇《やと》っています。その是非《ぜひ》をここで問うつもりはありませんが、私が問題視したいのは、子会社も含《ふく》めて外国人職員が何人いるのか、実数を公表していないということです。

ケント　把握《はあく》はしているのでしょう？

百　田　おそらくしているとは思います。しかし、それを公表しないのです。

二〇一三年、当時衆議院議員を務めていた故・三宅博《みやけひろし》氏は、一二月三日の総務委員会で「ＮＨＫに勤務しております外国人職員数の国別人数をちょっとお聞きしたい」と質問しました。参考人として答弁に立った、ＮＨＫ専務理事の吉国浩二《よしくにこうじ》氏（当時）の回答は、

以下の通りでした。

「採用に際しましては、あくまで公共放送を支える人材という意味で、人物本位の採用というのを行なっておりまして、国籍を特に問題にしているということはございません。外国籍の職員につきましては、採用時に、在留資格の確認などのために国籍を個別に確認しておりますけれども、その後帰化するとか、そういう事情もありますので、国別に正確に把握しておりません」

翌二〇一四年二月一四日の予算委員会でも、三宅氏は当時NHK会長だった籾井勝人《もみいかつと》氏に対して、「外国人職員の国籍別人数を報告していただきたい」と要求しました。このとき籾井氏は以下の通り答えました。

「外国籍の職員の全体に占める割合は〇・二パーセント程度でございます。人数的に言いますと二二人でございます。

NHKでは、人物本位の採用により、公共放送を支える多様な人材を確保し、なおかつ確保しようとしております。そういう中に外国籍の職員もいるわけでございます。

国籍を理由とした差別的な取り扱いは職業安定法で禁止されておりますので、職員の募集時には国籍は不問《ふもん》としております」

籾井氏は外国人職員の人数を明らかにしましたが、子会社も合わせるともっといるはずです。三宅氏は同年二月二一日、総務委員会でさらに突っ込んだ質問をしました。

「NHKは多くの子会社を持っていますよね。ここにも相当数の外国人職員がいると思うんですけれども、そのあたりはどうなんでしょうか」

このときもまた、当時のNHK専務理事、吉国氏が回答しました。

「申し訳ありません。子会社での全体数というのは把握していないものですから、今ちょっとお答えできないんですけれども」

結局、子会社も合わせて何人の外国人職員を雇っているのか、それは明らかになっていないのです。ひょっとしたら、反日的な思想を持つ在日中国人や韓国・朝鮮人の職員もいるのかもしれません。前述しましたが、在日コリアンは通名《つうめい》を使います。日本人のふりをしながら、北朝鮮寄りの番組を作るディレクターがいる可能性もゼロではないのです。また国籍は日本でも、反日的な帰化人の存在もあります。

ケント　NHKはあまりにも巨大な組織です。きちんと統治できているのでしょうか？それとも、それぞれの番組のプロデューサーが勝手なことをやっているのでしょうか？

百　田　私も経営委員でしたが、その点については謎です。ただ、あまり大きな声では言えませんが、制作現場の中には極左グループに属しているような人も少なくありません。
　籾井勝人氏が会長を務めていた頃は、人事権を使って、職員が暴走しないように人事を新しくするなどの対応を取っていました。しかし、二〇一七年一月に会長が上田良一《うえだりょういち》氏に代わってから、NHKはまたひどくなっているという話も聞きます。
ケント　会長は誰が決めるのですか？
百　田　経営委員が決めます。
ケント　では、経営委員は誰が決めるのですか？
百　田　総務省が決めます。私も総務省から依頼されて、二〇一三年から約二年、経営委員を務めました。
ケント　ということは、総務省はNHKを変えようと思えば変えられますよね？
百　田　そうですね。
ケント　どうしてしないのですか？
百　田　どうしてなのでしょうか……(笑)。それを言われると辛《つら》いところがあって、私も経営委員だったのに一期で辞《や》めてしまいました。総務省からは、もう少しやってほしいと要請を受けていたのですが、経営委員をやっている間はメディアからもずいぶんと叩《たた》かれたので、嫌気がさして断わってしまいました。後に当時の総務大臣の高市早苗さんががっかりしたと言っていたと聞いて、申し訳ない気持ちになりました。いつか会ったときは謝《あやま》ろうと思っています（笑）。

ケント　経営委員とは少し違いますが、私は以前、国立オリンピック記念青少年総合センターの運営委員を一〇年間務めました。一九九一年七月から約七年かけて、施設を建て替えました。このとき運営委員として建て替えの計画について、私はさまざまな意見を述べて、そのほとんどが採用されました。相談も受けました。例えば、国際交流棟に個室（一人部屋）が必要かどうかなど。

私が初めて運営委員会に出席したときは、施設内で起きた過去一年間の事故の報告がありました。確認すると、事故のほとんどは、施設を閉めた夜間にフェンスを乗り越えようとした人が落下するという事故ばかりでした。そこで私は、「門限をなくしたら事故はなくなる」と指摘したのです。そして実際に門限を撤廃《てっぱい》したら、事故はほとんどなくなりました。

百　田　合理的な考え方ですね。

ケント　施設側は運営委員の意見に耳を傾けてくれました。ＮＨＫは経営委員の言うことを聞いてくれるのですか？

百　田　経営委員の声が反映されることはないですね。経営委員の最も大きな権限は会長を選べることです。

ケント　いまの上田会長はどういう方ですか？

百　田　元経営委員です。経営委員には二種類あり、常勤、つまりサラリーマンのように朝から晩まで勤める経営委員と、非常勤の経営委員がいます。上田氏は常勤で、私は非常勤でした。非常勤は月二回の経営会議に出席するだけです。

上田氏は米国三菱商事《みつびししょうじ》代表取締役社長です。二〇一三年に経営委員になりました。上田氏は非常にしっかりした方なのですが、籾井氏のように、少々乱暴でも人事権を持ってＮＨＫの改革を断行するような方ではないですね。こんな言い方をすると失礼に当たるかもしれませんが、ことなかれ主義のようにも見えます。

ケント　ぜひ一度お会いしてみたいです。

ＮＨＫの上層部に巣食う厄介《やっかい》な問題

百　田　以前、ＮＨＫのある理事に「ＮＨＫはなんでこんなにひどい放送をするんや？」と訊《き》いたことがあります。理事は以下のように答えました。
「実はＮＨＫには厄介な問題がありまして、かなりの上層部、いわゆるプロデューサーのクラスに極左集団がいる」
　だからこういう集団をバラバラにしなければなりません。

ケント　ＮＨＫは日本に必要なのですか？　個人的には解体してもいいと思っています。

百　田　ＮＨＫは予算をたくさん持っています。ホームページで公開している「平成30年度　収支予算と事業計画〔要約〕」によれば、受信料で六九九五億円、その他の事業で一七二億円、合わせて七一六八億円の事業収入があると公表しています。これは民放に比べて桁外《けたはず》れの予算です。そして今、ＮＨＫは内部留保だけでも七〇〇〇億円ものお金を持っています。営利企業でもこれだけの金を持っている会社は滅多にないですよ。これは明らかに異常です。

ケント　ＮＨＫは番組のロケでも民放とはお金のかけ方がかなり違います。以前、ＮＨＫ

のお昼の番組の生中継に出演したことがあります。ロケ地は飛驒高山《ひだたかやま》だったのですが、大きな中継車が三台、カメラも八台ほどありました。

同じ年に、今度は日本テレビの番組で、中富良野《なかふらの》のラベンダー畑での生中継に出演しました。このロケでは、中継車は一台、カメラも二、三台しかありませんでしたが、映画監督の故・大島《おおしま》渚《なぎさ》氏が地平線に向かって「バカヤロー！」と叫ぶ面白い企画でした。中継車やカメラの台数が少なくても、面白い番組は作れるのです。

百田　私は長年、民放で放送作家をやっていました。だからNHKを端《はた》から見ていたのですが、NHKはロケでもお金を湯水のように使います。だからこそ、いい番組ができることもあります。

例えばドキュメンタリー番組で、動物の映像を撮るために、カメラマンが一カ月も張りつくことがあります。視聴率が取れるわけでもないドキュメンタリー番組に予算をかけるなんて、民放では絶対にできません。だからNHKには素晴らしい番組もあります。

しかし、問題なのは反日的な番組を作ることです。前述のように、NHKの中に極左集団が巣食ってしまうと、組織の中で増殖《ぞうしょく》します。そして反日的な人物が出世していくと、その人物は自分と同じ思想を持った人を引き上げます。すると時間が経つにつれて、

ガン細胞のように膨《ふく》らんでいきます。いまのＮＨＫを見ていると、そのように感じます
ね。ＮＨＫの反日的な傾向は一朝一夕《いっちょういっせき》でできたわけではなく、長い時間をかけてできた
ガン細胞です。

ケント　ＢＢＣは国と国民が管理していますが、ＮＨＫは秘密組織という感じがします。
巨大すぎるからですか？

百　田　国民も放送そのものに強い関心を持っていなかったのだと思いますね。

最近はインターネットなどでテレビの偏向報道が問題視されるようになりましたが、そ
れでも多くの日本人は、いまだにテレビを信頼しています。世界価値観調査のデータによ
ると、先進国の国民はテレビに対する信頼度が低く、「テレビなんてどうせ嘘つくやろ」
と考えています。逆に発展途上国の国民の信頼度は高い傾向があります。ところが、日本
は先進国であるにもかかわらず、なぜかテレビに対する信頼度が発展途上国なみに高いの
です。

ケント　おかしな話ですね。

百　田　いまでこそ東京キー局の番組も全国津々浦々《つつうらうら》で視聴できますが、つい数十年前ま
では地方では見られませんでした。地方によっては、チャンネルが二つしかない場合もあ

りました。

その場合、一つは各局の番組を寄せ集めて放送するチャンネルで、もう一つはNHKです。NHKだけは、全国で必ず視聴できる。だから国民のNHKに対する信頼度は高いのです。それからNHKが好きという人も多く、特に年配の人はその傾向が強いですね。

ケント 私の元秘書が山梨県の八ヶ岳《やつがたけ》の上のほうに住んでいますが、つい最近まで、NHKしか受信できませんでした。それしかないのであれば、信頼してしまうでしょう。そして、NHKのおかしさに気づかないでしょう。

もはやNHKは解体あるのみ

百田 NHKの問題は他にもいっぱいありますよね。「ワールドニュース」も困ったものです。これは海外向けに放送しているニュース番組なのですが、海外で見た人に話を聞くと、かなり反日的なニュースを放送していると言います。国民から受信料を徴収して日本を貶めるような番組を作り、それを海外で放送する。これは大問題です。
ケント NHKは一つの財閥のようなものです。だから、戦後、財閥を解体したように

NHKも解体してもらいたい。

民放も、新聞、ラジオ、地上波、BS、CSが一緒になっている現状は財閥と同じですから、新聞と放送局の資本関係を切り離してもらいたい。同じメディアマーケットにおいて、新聞社がテレビ局を持っているというのは、諸外国では極めてまれです。

百　田　メディアが一体化していますね。

ケント　切り離したほうが、印刷・放送媒体の情報源が増えることになります。日本では、情報源が極端に制限されているので、国民の知る権利が十分に守られていません。

NHKの場合は、NHK総合、Eテレ、NHKワールドは別組織にして、例えば総合は受信料制度はやめて、Eテレは寄付で運営するとか。アメリカのNPR（ナショナル・パブリック・ラジオ）は主に寄付で運営しています。思想的にはやや左寄りですが、興味深い番組が多いです。

子会社もすべて切り離せば、NHKも少しはまともになるはずです。

百　田　NHKに対する国民の怒りはかなりのもので、それが如実にあらわれたのが、二〇一九年の参院選での「NHKから国民を守る会」の立花孝志《たちばなたかし》氏への大きな支持です。「NHKをぶっ壊す」のフレーズだけで、一〇〇万票近くを集めたのです。

民放もひどい！

日本の立場をきちんと説明できる人を排除している

ケント　日本のテレビがひどいのはＮＨＫだけではありません。民放もかなりひどい！

百　田　テレビ番組を見ていると、在日コリアンのコメンテーターが堂々と日本批判をしています。これは世界的に見ても非常に特殊なのではないかと思います。

ケント　それ自体はかまわないと思います。問題なのは、在日コリアンとは反対の意見を持つ人を出演させないことです。外国人が出てもいいし、日本を批判する人が出てもいい。ただ、日本の立場を説明する人、中国や韓国をしっかり批判する人を出さないのはフェアではない。

ある朝、テレビ朝日の「羽鳥慎一モーニングショー」を見ていたら、ジャーナリストの青木理氏と、テレビ朝日報道局コメンテーター室解説委員の玉川徹《たまかわとおる》氏が、北朝鮮の核開発について話をしていました。ただ、二人は北朝鮮ではなく、日本やアメリカばかり批判していたのです。

百　田　青木氏は「サンデーモーニング」（ＴＢＳテレビ）でもおかしな発言をしていまし

た。

「いまのこの米朝の対立も分断も、日本は歴史的責任というのは逃《のが》れられないと思うんですよね。歴史を考えたときに、北朝鮮と単に対峙《たいじ》しているだけじゃなくて、どう向き合うかっていうのはおのずから明らかになってくる。むしろ朝鮮半島が平和になるために、日本が努力をしなくちゃいけない面はたくさんあるっていうことは忘れちゃいけない」

と、こんなことを言っているのです。

ケント　歴史的責任とは何ですかね？　なんでもかんでも日本が悪いということでしょうか？　中国人や韓国人が言うならまだしも、日本人自らが言うのは問題ですよね。

百　田　まったく理解不能です。

あと、テリー伊藤氏も「ミヤネ屋」（読売テレビ）で以下のように北朝鮮を擁護《ようご》していました。

「北朝鮮の立場から考えると挑発《ちょうはつ》してるのは米韓」

「北朝鮮というのは（中略）恐怖心があります。他国にはわからないですね、自分の国をなくす、失うという恐怖心というのはね、世界で一番持っていますよ。これはやっぱり一九三〇年（実際には一九一〇年）からね、三五年間ずっと日本に統治されていたというこの恐怖心の中で、またですね、それこそ統一されてしまうんじゃないか。そういうことを考えると、いたずらに日本って煽《あお》る立場じゃないんですよね」

ケント　おかしな発言ですね。

百　田　そう。しかもテリー伊藤氏は、まるで日本が北朝鮮に恐怖心を植えつけたというような言い方をしていますが、まず、日本統治時代に北朝鮮などという国はありませんでした。基本的な事実認識が間違っている。

ケント　おかしな話ですが、日本のテレビに出ているコメンテーターは、そんな意見を言う人ばかりです。日本の立場を擁護したり、中国や北朝鮮、韓国を堂々と批判するコメンテーターは番組に出演させてもらえない。プレスコードそのものです。

百　田　前述の通り、Jアラートに対しては「朝から起こしやがって」と日本政府に文句を言うくせに、北朝鮮がミサイルを発射したことについては文句を言わない。そのような人物ばかりが堂々とテレビに出ているのです。平和ボケ、ここに極まれりです。

ケント　放送を公共の福祉に適合するように規律し、その健全な発達を図《はか》ることを目的に施行された放送法ですが、第四条二項では〈政治的に公平であること〉、四項では〈意見が対立している問題については、できるだけ多くの角度から論点を明らかにすること〉と謳《うた》っています。しかし、北朝鮮の核開発問題に限らず、二〇一五年に成立した平和安全法制や、二〇一七年に成立したテロ等準備罪をめぐる報道を振り返ってみても、テレビ局が放送法を守っているとは思えません。安倍政権に否定的な意見の人ばかり出演していま す。

百　田　日本人の私から見ても、彼らは本当にひどいと思うのですが、アメリカ人のケントさんからすると、呆《あき》れて物も言えないのではないですか？

ケント　そうですね。外国人の私から見ても、おかしな人がたくさんいます。そしてそのような人が、テレビでえらそうに反日的な意見を言っている。人間は第一印象が一番強く記憶に残るので、洗脳されやすい人は、最初に聞いた話を信じ込んでしまい、その後の新しい情報を入れようとしない傾向があります。だから洗脳を解くのは難しい。従って、特に報道番組の中では、複数の代表的な意見を同時に紹介する必要があります。

また、メディアに洗脳されないよう、きちんとした教育を施《ほどこ》すことが大切ですが、残念なことに、教育もメディアと同じようにひどい状況です。だから教育機関とメディアをセットで改善していかなければなりませんね。

百　田　それができたら状況は一変します。戦後、日本をこんなに悪くしたのは、メディアです。逆に言えば、メディアを正常化すれば、日本は見違えるほどよくなります。

電波利権に切り込む「電波オークション」への期待

ケント それから安倍政権は「電波オークション」を検討しているという報道もありました。二〇一七年九月一二日の産経新聞では以下のように報道しています。

〈政府が電波の周波数帯の利用権を競争入札にかける「電波オークション」の導入を検討していることが11日、分かった。特定のテレビ局や通信事業者などに割り当てられた「電波利権」に切り込むことで、電波利用料金の収入増や割り当て選考の透明性確保を図る〉

これは魅力的な制度だと思います。国民の共有財産である限られた電波を、いまテレビ局が毎年安いお金しか払わずに独占している。民放キー局で一社四、五億円、NHKでも二〇億円程度しか電波利用料を支払っていない。それで放送業界全体では数兆円規模のビジネスをやっているのだから、驚くほど巨大な既得権が放置されているのです。これをオークションで一般に開放すれば、テレビ局も少しは襟《えり》を正すのではないですか。

百田　実現させるまでにはハードルがいくつもあるとは思います。しかし、何とかしなければいけません。

テレビのフェイクニュースはとにかくひどい。これは昔からです。二〇〇三年にTBSは石原慎太郎都知事（当時）が「私は日韓併合を一〇〇パーセント正当化するつもりはない」と発言したのを、「私は日韓併合を一〇〇パーセント正当化するつもり」のところで音声を切り、「――つもりだ」というテロップをつけて放送しました。また日本テレビは二〇一六年に安倍総理が「選挙のためだったら何でもする、こんな無責任な勢力に負けるわけにはいかない」と発言したのを、「選挙のためだったら何でもする」で切り、テロップもその文章で放送しました。こんな例はいくらでもあります。

中国と北朝鮮を別にすれば、日本のテレビは世界一ひどい！　だから変えていかなければなりません。フェイクニュースに国家の命運が左右されるのは、絶対に避けなければなりません。

ケント　はっきり言って、日本のテレビ報道は、日本と日本人を貶めるために放送しています。他にこんな国があったら教えてほしい。絶対にあり得ませんよ。

百田　何のための報道なのか、まったく意味がわかりませんね。

ケント　メディアは「権力を監視する」という表現を好んで使いますが、「外国の権力」のほうは一切監視しませんよね。日本政府と中国政府のどちらが危険か、普通に考えれば答えは明らかです。だから私たちはテレビや新聞の嘘をどんどん指摘していくしかありません。

百　田　おっしゃる通りです。

ケント　私たちは戦わなければならないと思っています。

「反安倍」はファッション

ケント　英字新聞のジャパンタイムズは、どちらかというと朝日新聞のような論調で、毎日のように日本人にとって自虐的な記事を掲載しています。かつて日本軍はこんなひどいことをした、というような記事です。情報をどこから拾《ひろ》ってきているのかはわかりません。半分作り話ではないかという気もしますが……(笑)。

安倍政権に対しても批判的なのですが、そういった記事を書いているのは外国人記者です。なぜ、外国人が反安倍なのか、私は不思議でなりません。

左派メディアを見ていて感じるのは、反安倍は一つのファッションになっているということです。

百田　それは感じますね。安倍首相は、かつて六〇年代の左翼が毛嫌いした岸信介《きしのぶすけ》元首相の孫です。だから安倍首相というのは血統的にも左翼の敵なのです。

二〇〇六年九月に第一次安倍内閣が発足したとき、左翼の安倍首相に対する攻撃は常軌《じょうき》を逸《いっ》していました。「なんとしても安倍を倒す」と考えていました。

二〇一二年に出版された文芸評論家、小川榮太郎《おがわえいたろう》氏の著書『約束の日：安倍晋三試論』（幻冬舎）には、元毎日新聞記者の故・三宅久之氏が、当時、朝日の論説主幹を務めていた故・若宮啓文氏と話したときのやり取りが載っています。

〈「朝日は安倍というといたずらに叩くけど、いいところはきちんと認めるような報道はできないものなのか？」と聞いたら、若宮は言下《げんか》に「できません」と言うんですよ。で、「何故だ？」と聞いたら「社是《しゃぜ》だからです」と。安倍叩きはうちの社是だと言うんだからねえ。社是って言われちゃあ……〉

三宅氏は、新聞記者なら公平にやれ、安倍首相がやった素晴らしいことはきちんと書け、一方で安倍首相のやったことで許せないことがあるなら、それを批判すればいいと言ったのです。それは社是だから無理だと言われたら、もう何も言えませんよね。若宮氏はジャーナリズムを放棄したと、自ら宣言したのも同然の言葉です。

ケント　記者失格ですね。ジャーナリストを名乗る資格がない。

百　田　それから小川氏の著書には、もう一つ有名な話が記されています。第一次安倍内閣当時のある朝日新聞幹部が「安倍の葬式はうちで出す」と言ったというのです。中立の報道、真実の報道などは、かなぐり捨てています。葬式を出すというのは、「安倍を抹殺する」と言っているに等しい。

若宮氏は一九四八年生まれなので、まさに団塊《だんかい》の世代です。二〇一三年に六五歳になり、朝日を定年退職したのですが、その後、なんと彼は韓国の大学の客員教授になりました（笑）。

ケント　韓国で？

百　田　そうなのです。若宮氏は韓国の大学教授に就任してから、より活発に安倍政権を非難するようになり、彼の記事が韓国の新聞社の紙面を飾っていました。韓国最大の新聞、中央日報は、「朝日新聞134年の歴史の中で主筆を務めたのはわずか6人であり」、「若宮はその一人で日本を代表する言論人」と絶賛しておいてから、若宮氏の反日的な文章を掲載していたこともあります。
　引退してからも韓国に利用されて、反日的な言論をしていたということです。ところが若宮氏は、二〇一六年四月に急死しました。
ケント　そうでしたね。
百　田　その亡くなり方が奇妙でした。日中韓三カ国のシンポジウム出席のためソウル市から北京市入りしたのですが、宿泊先の北京市内のホテルの客室で亡くなったのです。
ケント　死因は？
百　田　体調不良を訴え、浴室で亡くなっているのが発見されたそうです。六八歳でした。
ケント　まだ若いのに……。
百　田　ホテルで急死って、そうそうあることではないですよ。その死にはとかくの噂《うわさ》があります。
　若宮は朝日新聞に在籍中、言論の自由のない中国で自著の出版記念パーティーを開いています。そしてそのパーティー以降、中国寄り発言が多くなったという話もあります。このとき、何か弱みを握られたのではないかとも噂されています。ちなみに、この訪中の際、彼は女性秘書を社の金で連れて行き、問題になっています。

ケント　日本には記者に限らず、国外の勢力と手を組み日本を貶めている人がたくさんいます。アメリカではそんなことは許されません。外患誘致罪《がいかんゆうちざい》で逮捕したいくらいです。

全共闘世代がメディアを牛耳《ぎゅうじ》る

ケント　メディアはテレビも新聞も、どうして反日的な報道ばかり繰り返すのでしょうか?

百　田　やはりＷＧＩＰがきっかけになっているのだと思います。ＧＨＱは日本人に自虐史観を植えつけると同時に、二〇万人にものぼる人間を公職から追放しました。アメリカにとって都合の悪い人物、保守派の人物を各業界から追放したのです。とはいえ、ＧＨＱの占領が終わってしばらくすると、追放された人物はそれぞれの業界に戻って復職しました。ところが、教育機関とメディアから追放された人だけは、なぜか復職できませんでした。そして戦前・戦中に冷遇されていた共産主義者が台頭《たいとう》したのです。

ケント　アメリカでは共産主義を非合法化していますが、ＧＨＱは日本共産党の存在を認めましたからね。

百　田　これに関してはGHQに文句を言いたいですね。どうしてアメリカで非合法となっている共産党を日本で非合法化してくれなかったのだと。連合軍の中に、ソ連がいたので、気を使ったのでしょうが、これが後に厄介な種《たね》になりました。

共産主義者は、当時のソ連や中国に対する憧れが強く、国家を壊して日本を共産国にしたいという思いを持ち、さらに反米思想を掲げています。そんな考えを持つ人が、教育機関とメディアを乗っ取ったのです。それがいまだに連綿《れんめん》と受け継《つ》がれていますね。

一九六〇年に日米安全保障条約が改定されるに当たって、朝日新聞はもちろん、当時の多くの文化人、作家、学者、ジャーナリスト、学生らは、前年の一九五九年から全国で激しい反対運動をしました。

ケント　なぜ彼らは日米安保に反対したのですか？

百　田　明確な理由も論理もありませんでした。反対のための反対でした（笑）。

ケント　まるで共産党や民進党（当時）のようですね（笑）。

百　田　とにかく日米安保を潰《つぶ》したかった。彼らは条約の条文すら読まず、改定でどうなるかも把握していませんでした。にもかかわらず、反対していたのです。

当時、日米安保に反対していた田原総一朗《たはらそういちろう》氏は、日経ビジネスオンラインの連載〈田原総一朗の政財界「ここだけの話」〉で次のように認めています。

〈安全保障条約は、吉田茂《よしだしげる》内閣が取り決め、岸内閣がその条約を改正し、その内容は日本にとって改善されていた。だが、私は吉田安保も改定された岸安保も条文を読んだことがなく、ただ当時のファッションで安保反対を唱《とな》えていただけだった。「岸信介はA級戦犯容疑者であるから、きっと日本をまた戦争に巻き込むための安保改定に違いない」と思っていた〉

先ほどケントさんは、反安倍は一つのファッションと言われましたが、一九六〇年当時は、日米安保に反対することがまさにファッションでした。いつの時代も反権力は若者のファッションなのです。若いときにそのような反権力に染まるのは仕方ないのかもしれません。しかし、かつて安保に反対した学生たちは、その思想のまま大人になり、老人になっていきました。

ケント　安保改定が実現したからこそ、アメリカは日本を守る義務が生じたというのに、それを認めないのはおかしな話です。

百田　六〇年安保からしばらく経った一九六七年から六九年にかけても、全国の大学生が荒れに荒れました。一九七〇年に日米安保条約の自動延長を控《ひか》えていたのですが、それに反対して、条約を破棄しろと訴えていたのです。
東京大学では安田《やすだ》講堂に学生たちが立て籠《こ》もったため、一九六九年には入学試験を行なうことができませんでした。彼らの運動は、それほど激しいものでした。
学生運動が巻き起こる以前の東京は、石畳《いしだたみ》の道路が多く風情《ふぜい》がありました。しかし、市街戦で学生たちは石畳の石を剥《は》がして機動隊に投げていたため、石畳は東京から消えていきました。当時の東京は戦場のようにめちゃくちゃな状態だったのです。

ケント　いまでは想像つかないですね。

百　田　このような運動をしていた人たちは、全共闘《ぜんきょうとう》世代と言われています。いわゆる団塊の世代です。
彼らは大学の構内にバリケードを築いて、自分たちの主義主張を中国の簡体字《かんたいじ》で書いた立て看板を置いていました。なぜ簡体字だったのか。彼らは『毛沢東語録』（河出書房新社）などを読んでおり、共産主義に対して強い憧れを持っていたのです。だから日本をソ連や中国のような国にしたいという幻想を抱いていました。彼らの運動が激しかったのは、文化大革命の紅衛兵《こうえいへい》の真似をしたからです。

話を一九六〇年の日米安保改定に戻しますが、このときに首相を務めていたのは、安倍首相の祖父である岸信介です。日米安保に反対した連中は、岸元首相を退陣させようと運動を続けました。国会前には一〇万人もの人が集まったほどです。しかし、岸元首相は日米安保改定を成し遂げました。だから反対運動をしていた連中は、とにかく岸元首相が憎くて仕方ない。この恨みをどうにか晴らしたいという思いをずっと抱いていました。そしてこの学生の一部は、大学を卒業すると、新聞社やテレビ局に就職しました。だから厄介なのです。

ケント　彼らが反日的な報道を始めたわけですね。

百　田　その通りです。

前述の通り、一九七〇年には、日米安保条約の自動延長を控えており、左翼や学生たちは、再び条約の撤廃を求めて激しい運動を始めました。このとき政権を担《にな》っていたのが佐《さ》藤栄作《とうえいさく》元首相です。佐藤元首相は岸元首相の弟です。だから佐藤元首相もまた、左翼の連中から憎まれることになりました。

佐藤元首相も非常に優《すぐ》れた政治家で、沖縄返還を成し遂げました。しかし、その功績は一切認められず、ひらすら左派メディアの攻撃を受け続けました。

一九七二年六月、退陣を表明した佐藤元首相の記者会見は異様なものとなりました。相当頭にきていたのでしょう、

「新聞記者の諸君とは話をしないことになっているから。違うんですよ。ぼくが国民に直接話したいんだ。新聞になると、文字になると違うから。ぼくは残念ながら、そこで新聞を、さっきも言ったように偏向的な新聞が嫌い、大嫌いなんだ。だから直接国民に話したい」

そう話すと新聞記者たちは一斉《いっせい》に会見会場から退場しました。そして佐藤元首相は、新聞記者がいない場所で、テレビカメラに向かって国民に話をしました。当時から新聞各社がどれだけ嘘を書いてきたかというのが、佐藤元首相の言葉に表われています。

ケント　フェイクニュースを繰り返していたのですね。

百　田　そうなのです。安倍首相は岸元首相の孫《まご》です。だから左翼の連中は、安倍首相のことも憎くて憎くて仕方がない。

ケント　安倍首相がメディアから異常なまでに叩かれている理由がよくわかりました。要は岸一族を倒したいという感情から攻撃しているのですね。しかし、それはメディアに身を置く人間としては最低です。戦後の公職追放のように、彼らをメディアから追放したほ

うがいいですね（笑）。

まるで共産主義国家のような、日本のメディアのやり方

百　田　日本のメディアはいま異常な状況に陥《おちい》っています。日本の平和ボケを作っている要因の一つは、間違いなくメディアと言っていいでしょう。

昔は「メディアは第四の権力」と言われていましたが、いまは完全に「第一の権力」ですね。メディアに狙われた人物は、ほとんど勝てません。国民から絶対的な信頼を受けていた安倍首相も、森友《もりとも》学園や加計《かけ》学園の件で、連日バッシングを受け、支持率は二〇パーセント台まで落ちました。それでも安倍首相は戦い抜きましたが、安倍首相じゃなかったらやられていたでしょうね。大臣クラスが標的にされていたら、すぐに潰されていたはずです。メディアが「こいつを潰す」と決めて総力を挙げたら確実に潰されます。

ちなみに私も相当やられました（笑）。

ケント　加計学園が愛媛県内に獣医学部を新設する計画について、安倍首相の意向があ

ったのではないかとメディアは大騒ぎしていました。この件についてまず言いたいのは、「加計学園問題」という呼称はやめてもらいたいということです。この問題は、元文部科学事務次官の前川喜平《まえかわきへい》氏が作り上げた「前川問題」です。

前川氏は「総理の意向」と記述された文書が存在すると訴えていますが、前川氏の元上司であり、前愛媛県知事の加戸守行《かともりゆき》氏が、想像を事実のように話していると反論しています。それでもメディアは、加戸氏のことはあまり取り上げません。

一般社団法人・日本平和学研究所（理事長・小川榮太郎氏）の調べによると、NHKと民放の三〇番組で加計問題を取り上げた時間は、八時間四四分五九秒だったそうです。そのうち、前川氏の発言を放送した時間は二時間三三分四六秒だったのに対して、加戸氏はたったの六分一秒でした。テレビで加戸氏を見るのは、宝くじに当たるようなものです。しかも加戸氏の話を聞けば、「モリカケ」はフェイクニュースだったと誰でもわかる。それを意図的に隠して、「疑惑は晴れない」などと言っているのだから、朝日新聞や毎日新聞、各テレビ局は、日本国民を馬鹿にしています。

百田　前川氏は半年後に、コメンテーターとしてテレビに出ているかもしれません(笑)。反日テレビ局が喜んで使いそうですから。しかし、そのときは風俗コメンテーターとして出てもらいたい。

ケント　出会い系バーに週三、四回も通っていたそうですからね。プロを名乗れます(笑)。

百　田　それにしても、メディアのやり方はまるで共産主義のやり方です。自分たちの敵を倒すために、罪をでっち上げて責めています。でっち上げられたほうは、自らの潔白を証明しなければなりません。証明できないと有罪になります。これは共産主義国家で政敵を潰すために使うやり方です。中国や北朝鮮、あるいはかつてのソ連では、このようなことが何度も繰り返されてきました。

ケント　魔女狩りと同じようなものです。

百　田　「潔白なら証明してみろ」と言われてもできません。ないことを証明するのは「悪魔の証明」といって、論理的に不可能なのです。

ケント　できないですね。やってないことをどうやって「やってない」と証明すればいいのか。有罪判決が出るまでは推定無罪で扱うのが司法制度というものですが、メディアがやっていることは完全に逆です。本当にひどいですよ。

テレビへの信頼度が高い層ほど、安倍政権を支持しない

百田　先ほど、日本人のテレビに対する信頼度は高いと話しましたが、世代別の調査もあり、六〇歳以上の人のテレビに対する信頼度はめちゃくちゃ高い。逆に五〇代、四〇代、三〇代と、若くなるにつれて信頼度は低くなります。しかも安倍政権に対する支持率と反比例しています。つまりテレビをよく見る人は安倍政権を支持せず、テレビを見ない世代は安倍政権を支持しているのです。

ケント　わかりやすい構図ですね。

百田　これは選挙も同じです。近年、民進党（当時）と共産党は選挙で共闘していたので、どこかで補欠選挙が行なわれると、自民党対野党連合の戦いになります。出口調査を見ると、二〇代から五〇代の多くは自民党に投票しているのに、六〇代以上は野党に投票している。するとどちらが勝つにせよ、結果は拮抗《きっこう》してしまうのです。二〇一五年の大阪都構想の住民投票もそうでした。二〇代から五〇代は都構想に賛成する人が多かった。ところが、六〇代以上の人の多くが反対したことで、都構想は僅差《きんさ》で廃案となりました。

日本にはいま、世代間のギャップがあります。厄介なのは団塊の世代です。一九四七年から四九年の三年間に、約八〇〇万人もの人が生まれました。前述した通り、この世代はかつて安保闘争を繰り広げたのですが、彼らと話すと、考え方が四〇数年前と何も変わっていない人が多いことがわかります。情報や知識が一切上書《うわが》きされていないのです。それはびっくりしますよ。

ケント 毎日のように新聞やテレビを見ていてもですか？

百田 二〇歳のときに凝《こ》り固まった思考で情報に触れているのでしょうね。彼らが読む新聞は朝日などの反日新聞でしょうし、テレビは反政府的な報道番組ばかりですから。そんな新聞やテレビが「安倍を倒すべきだ」と言えば、その通りだと納得してしまうのです。

それからこの世代は、選挙になると喜んで投票に行きます（笑）。だから先ほど話したように、この世代の投票が選挙結果を左右するのです。

ケント いい対策があります。アメリカの予備選挙を参考にするのです。二〇一七年八月、市長選挙と市議会選挙、それから下院議員が辞職したため補欠選挙が行なわれました。州知事や郡の選挙は大統領選と同じときにやるのですが、市議会選挙は別に開催されます。しかも投票所は設置されず、オンラインと郵送だけで投票を受けつけるのです。オンライン投票なら、海外から投票することもできます。

百　田　いまの日本で厄介なのは期日前投票です。これを悪用する人がいます。

ケント　どうやって？

百　田　例えば老人ホームです。「お爺《じい》ちゃん、私が投票所まで連れて行きます」と声をかけて、投票所で「名前はこれを書いてください」と言って書かせる。そのような形で票を集めている人もいるそうです。

ケント　だからこそ、オンライン投票一本にしてしまえばいい（笑）。

百　田　それはいいアイデアですが、それを提案すると、「インターネット環境がない人を切り捨てるのか！」と訴えて反対する人が必ず出てきます。

ケント　切り捨てましょう（笑）。どうしても投票したいなら孫を呼んで教えてもらえばいい（笑）。もしオンラインで投票ができるようになれば、投票率は上がるでしょうね。

百　田　絶対に上がります。特に若い世代の投票率が上がりますね。

大手メディアの世論調査は、世論を反映しているのか？

百田　安倍首相の支持率が二〇パーセント台まで下がったときも、ニュース配信ウェブサイト「ネットギーク」が調査をしたら、支持率は七二パーセントもありました。三三万九三六三票もの投票があったそうです。すごい数ですよね。これは一部の組織票ではないでしょう。ネットユーザーの間では、それだけ安倍政権の支持率が高いのです。それにしても新聞などの世論調査の数字との開きが大きすぎます。片方は二〇パーセント台で、片方は七二パーセントです。四〇パーセントの開きは異常です。各社メディアが行なっている調査は「嘘ちゃうか」と疑ってしまいます。しかも新聞社の世論調査はサンプル数が二〇〇〇くらいでしょう。問題になりません。

ケント　この時代にどのように世論調査を行なうのか、考え直す時期に差し掛かっています。二〇一六年のアメリカ大統領選で、その課題が浮き彫りになりました。ヒラリー・クリントン候補が優勢だというメディアの世論調査の結果は、まったく当たりませんでしたから。どうして当たらないのか。電話をかけて調査しても、固定電話を持っていない若者の声が反映されないという面もあるでしょう。ちなみに私の家には固定電話がありますが、かかってきても出ません（笑）。出てもセールスや勧誘の電話ばかりだからです。

百田　調査する時間帯も大きな問題ですよね。午前中から夕方の時間帯は、働いている人や学生は家にいるわけがないので、その時間に電話に出る人は専業主婦か高齢者です。そういう人は朝から晩までテレビばかり見ています。また、最近は固定電話だけでなく、携帯電話にも電話をして調査しているそうですが、比率は発表されていません。固定電話にかけて調査しているケースが圧倒的に多いのだと思います。

先ほど言ったように、そんなふうにして聞いた二〇〇〇人くらいのデータで、きちんとした世論が反映されているのか、大きな疑問です。

ケント　統計学的には二〇〇〇人もの話を聞けば十分なはずですが、調査対象が偏《かたよ》っているため、結果もおかしなものになっていますね。

百田　おそらく調査結果をインチキするようなことはしていないのでしょうが、毎日フェイクニュースを発信しているメディアなので、調査結果は大いに疑わしいものがあります。

第五章

平和ボケした日本人が戦うときが来た！

子供たちに教えるべきは、国の誇り

百田　戦後の日本の学校では、徹底した「自虐史観教育」が行なわれていますが、昔はこんなにひどくはありませんでした。私は一九五六年に大阪市に生まれましたが、小学生の頃は、正月になると国旗掲揚《こっきけいよう》のために学校に集まって、みんなで「君が代」を歌いました。

私が小学校四年生のときには天皇陛下の行幸《ぎょうこう》があり、沿道に立って日の丸を振ったこともありました。当時の日本では、このようなことが当たり前のこととして行なわれていました。

ところがその後、教育現場はどんどんおかしくなり、「君が代」を歌わない学校や、国旗掲揚のときに起立しない学校が存在するようになったのです。

国歌斉唱や国旗掲揚に反対する日本教職員組合（日教組《にっきょうそ》）の教職員は厄介《やっかい》な存在です。彼らはウォー・ギルト・インフォメーション・プログラム（ＷＧＩＰ）に洗脳されていて、子供たちに「日本人はどれだけひどいことをしてきたか」ということを教えています。

以前は、日教組の加入率は九〇パーセントを超えていました。

ケント　二〇一八年の加入率は二二・六パーセントです。

百田　大きく減りましたよね。私は以前、講演会で「日教組は日本のガンや」と言って、新聞などでめちゃくちゃ叩《たた》かれたことがあります。

ケント　正論なのに……（笑）。

百田　ただ、県によっては日教組の加入率が高く影響力の強いところもあります。三重県もその一つですが、以前、知人の新聞記者が三重県の教育委員会の指導要綱を読んだそうです。そこには小学生の児童に贖罪《しょくざい》意識を教える、というようなことが書いてあったといいます。過去に日本がどれだけ悪いことをしてきたか、児童に教えるということです。その記者は、そうした授業を受けた児童の感想文も読んだそうなのですが、愕然《がくぜん》としたと話していました。「日本人でいることが恥《は》ずかしい」「ぼくのお爺さんはこのようなことをしたのか」という感想が綴《つづ》られていたのです。

もちろん、中にはそう書けば先生に喜んでもらえると思って書いた子供もいたのかもしれません。しかし、もし本心で書いていたのだとしたら、本当に恐ろしい教育が施《ほどこ》されているということになります。

ケント 子供たちは犠牲者ですね。

百　田 そうなのです。自虐的な歴史は、何も知らない純粋な子供たちに教えるべきことではありません。本来は子供たちには「この国に生まれてよかった」「日本人であることを誇りに思う」と感じる教育をすべきです。

確かに戦争中にはいろいろなことが起きるし、民族には恥部や汚点と呼ばれるものがあるものです。それは日本に限ったことではなく、他の国も同様です。しかし、そのような歴史は無垢《むく》な子供たちに最初に教えるべきことではありません。まずは自分たちの国の素晴らしさ、国民の素晴らしさ、先祖がどれだけ偉大だったかを教えなければいけません。それが国の教育の基本です。その国の持つ恥部や汚点は、もっと成長してから教えればいいのです。

日本の教育は順番を間違えています。子供たちに自虐史観を植えつけるのは、絶対にやってはいけない教育です。

ケント それを日本はやっているのですね。

百　田 アメリカにもインディアンの虐殺や奴隷制度など、恥部や汚点に当たる歴史がありますが、そういった歴史は、いつどのような形で教えられましたか？

ケント　奴隷制度は、アメリカの建国時の話や南北戦争の話をするときに避けられないので、最初の段階で徹底的に教えられます。しかし、インディアンの虐殺は学校で教わった記憶はありません。

　私が学生だった頃の歴史教育は、アメリカのヒーローを順番に教えてもらうものでした。最初のヒーローはアメリカ大陸を発見したクリストファー・コロンブスで、次のヒーローは一七世紀にイギリスからアメリカに渡ったピルグリム・ファーザーズです。

百田　メイフラワー号でアメリカにやって来たピューリタンですね。

ケント　実はピルグリムも問題ありなのですが……。

百田　負《ふ》の側面もあるということですか？

ケント　そうです。でも、子供たちには悪い面は教えません。私は歴史の授業では、彼らは「インディアンと協力しようとした」と教わりました。最終的にインディアンを大虐殺したと知ったのは、ずっと後のことです。ちなみにインディアンがアメリカ合衆国の市民権を得たのは一九二四年なので、本当に最近のことです。

　ピルグリム・ファーザーズの後は、建国のヒーローが登場します。ワシントンやジェファーソン、そしてアメリカ独立宣言について学びます。

百田　そうした教育が自然だと思います。子供たちに教えるべきは国の偉大さです。負の歴史を教えるのは、理解力が育《はぐく》まれてからでいい。愛国心というと、日本ではネガティブなイメージで語られることが多いですが、やはり子供たちが愛国心を持てるような教育を行なうべきです。そして自分たちの祖先を否定するような教育は絶対にしてはいけません。

これは学校の歴史教育に限ったことではありません。家庭であっても同様です。親から「うちは悪い家系で罪人ばかりいる」という話を聞かされたら、子供は「こんな家に生まれたくなかった」と思いますよね。

ケント　やはり、自分の家系の素晴らしさ、先祖の素晴らしさを教えてもらいたいですよね。

日本の歴史教育は、いったい何をメインに教えているのでしょうか？

百田　この時代にはこのような法律があったとか、こんな制度があったとか、そういうことです。

ケント　それはつまらない。眠くなるだけですよ（笑）。アメリカの歴史教育を受けると、アメリカのことが本当に好きになりますよ。

百　田　それが本当の歴史教育ですね。

日の丸を切り刻んだ民主党

ケント　アメリカでは毎朝学校で国旗に向かって忠誠を誓います。生徒たちは教室に掲《かか》げられた星条旗《せいじょうき》に顔を向けて、右手を左胸の上に置いて「忠誠の誓い」を暗誦《あんしょう》するのです。

百　田　日本人とアメリカ人では、国旗に対する思いも違いますよね。アメリカのボーイスカウトなどでは、大きな国旗を折り畳《たた》むときも、絶対に地面にはつけないそうですね。それくらい神聖なものとして扱うという話をケントさんの本で読んで、感動しました。戦後の日本人は国旗に対する敬意が希薄です。

ケント　オリンピックなどの国際大会の中継を見ていて気になることがあります。日本の選手の中には、勝利すると日の丸をマントのように背中に巻く人がいます。アメリカ人はそんなことはしません。頭の後ろで掲げることはありますが、背中には巻きません。国旗が地面についたら駄目ですから。

百　田　二〇〇九年八月、当時の民主党は鹿児島で集会を開きました。民主党のマークは、白地に赤い丸が上下に二つ並んだデザインだったのですが、党旗を用意できなかったので、壇上にあった二つの日の丸を切り刻んで民主党のマークに見立てた物を掲揚したのです。

ケント　ひどい話だね。国旗を切り刻むなんて、アメリカでは絶対に許されない話です。

百　田　歴史教育に話を戻しますが、日本の教科書にはいわゆる「南京事件」が載っています。ちなみに石平氏は、子供の頃に中国で「南京事件」のことなんて教わらなかったそうです。日本に来て初めて知ったと言われていました。ところがいまでは、中国でも「日本人が南京の市民を大虐殺した」という嘘の歴史を徹底して教えているようです。

ケント　中国はそんなデタラメな教育はやめるべきですが、もっと納得がいかないのは、日本の教科書に記載されていることですよね。なぜ中国共産党のプロパガンダを載せる必要があるのか。文科省は何をやっているのでしょうか？　事務次官が出会い系バーに行っている場合じゃないですよ（笑）。

百　田　日本には、教科書検定の際に中韓などの国に配慮することを定めた「近隣諸国条項」があります。だから教科書は他国の干渉《かんしょう》をものすごく受けてしまいます。

ケント　子供たちにきちんとした日本の歴史を教えるためにも、中韓の文句なんて無視すればいい。

百田　現在は中韓が言う通りに教科書を作っているような内容ですよね。日本の歴史教科書には見識がまったくありません。大きな問題です。歴史というのは本当に大切ですから。

あと日教組について一言つけ加えれば、長年にわたって日教組を支配してきた「日教組のドン」と呼ばれた故・槙枝元文《まきえだもとふみ》委員長は、人権などはまったくない北朝鮮の礼賛《らいさん》者であり、当時は政治家さえも簡単には行けなかった北朝鮮に何度も招かれ金日成《キムイルソン》主席から勲《くん》章《しょう》まで貰《もら》っています。つまりそれを見ても、かつての日教組がどういう団体であったのかが想像できると思います。

「自虐史観教育」で日本はバラバラになる

百田　日本ではいま、どんどん外国人が増えています。移民がある程度まで増えてしまうと、その国家を形成する哲学が揺《ゆ》らいでしまいます。それは恐ろしい。

ケント　ジャパンタイムズの報道によれば、一九九四年から二〇一四年までの間に三・一八パーセントの外国人が増えていて、国際結婚は四・六パーセントもいるのだそうです。

百田　そんなにいますかね？　その数字は怪しい（笑）。

ケント　いや、これくらいいますよ。私の周りにも国際結婚をした人はたくさんいます。

百田　本当ですか？　さすがにそんなにいないとは思いますが……。もし、そうだとしたら、日本もこれから変わっていきますね。

先ほども話した通り、大学生が日米安保に反対して激しい運動をしたこともありました。とにかく反政府運動をするのが若者のファッションなのです。これはアメリカでも同様だと思います、日本の場合、そんな若者が成長することなく大人になってしまい、慰安婦問題やいわゆる「南京事件」、あるいは首相の靖国参拝を問題化させたのです。これはすべて、旧《ふる》い日本に反抗する要素があったのだと思います。だから彼らは戦前・戦後の日本も徹底して批判しています。

そのような状況で、外国人がどんどん増えてきている。中には反日思想を持った中国人や韓国人もいます。これは大変危険です。

わかりやすく例えると、ある家庭に親父と長男がいる。長男は親父に対して反抗ばかりしている。そうこうするうちに居候《いそうろう》がやって来て、初めは大人《おとな》しく暮らしていたのに、徐々に「この家はなんかおかしい」と言い始めた。すると長男も「そうやそうや」と賛同して、二人がかりで親父に文句を言っている。いまの日本はこんな状況なんですよ。

ケント　それはわかりやすい（笑）。

だから日本はいまのように学校の教育で反日プロパガンダとも言える自虐史観教育をやっていては駄目です。いままでは日本人ばかりだったから、国として成立しましたが、外国人が増えていくとバラバラになりかねない。

百　田　アメリカは日本とは違いますよね。居候がやってきても「お前もこの家の一家になるんやから、この家のルールに従うんやぞ」ときちんと言います。

ケント　アメリカはもともと移民国家なので、常に国がバラバラになる危険性を抱えています。だから国旗に対して忠誠を誓う。それで国民を一つにまとめているのです。

百　田　ところが、日本には「日本国民はこうあるべきだ」という理念のようなものがない。それで、ルールも定められていません。当然、アメリカのように国旗に忠誠を誓うこともない。日本人しかいなかった時代はそれでもよかった。ルールなんか作らなくても、なんとなくみんなで共有意識を持っていたからです。

それが近年はグローバリズムの波に巻き込まれて、そうしたものが一気に希薄になりました。在日コリアンは以前からいましたが、今後はどんどん移民も増えてくる。だからこそ、この辺りで「日本のルール」のようなものをきちんと定めるべきだと思うのです。この場合のルールというのは法律じゃなくて、国民の理念とか道徳とか不文律といったものです。

ケント　ヨーロッパはシリアの難民をいっぱい受け入れました。日本は難民を受け入れないということで、国際社会で少し批判を受けています。実際に知人からも「日本が難民を受け入れないのはどう思うか」と訊《き》かれたことが何度もあります。そのようなときに、逆に私は「いまどき一〇万人もの難民を日本は受け入れるべきだと思いますか?」と訊き返しています。「そう思う」と答えた人は一人もいません。シリアが嫌いだとか、そういう話ではなく、やはり難民を受け入れるのは不安なのです。ではなぜ不安かと言えば、準備ができていないからです。私も現段階では、日本が大量の難民を受け入れることには否定的な立場です。法制度や国民の意識がまったく追いついていません。

百田　繰り返しになりますが、アメリカは移民国家です。違う文化、言語、風習を持っている人たちがアメリカにやってきてできた国です。だから国民がバラバラにならないように、子供の頃からしっかりとした国家意識を学びます。しかし、日本にはそれがない。

今後、外国人が増えれば増えるほど、日本はバラバラになっていきます。そうなる前に、アメリカに倣《なら》ってきちんとした国家意識を持てるよう、教育を変えていかなくてはなりませんね。

「国体《こくたい》」を理解できない外国人が日本を壊す

ケント　現在の日本人は、「国体」、つまり天皇陛下がおられることで一つにまとまっています。二〇一七年八月に出版した『ついに「愛国心」のタブーから解き放たれる日本人』(PHP研究所)を執筆したときに、改めて日本の国体とは何かということを猛勉強しました。そして実感したのは、昨日今日来た外国人には、理解できるものではないということです。

百田　理論ではなく意識の問題ですからね。

ケント　終戦後、GHQの日本占領政策は成功しました。日本に長年住んでいる私は、現代まで続くさまざまな問題を残した事実を知っていますが、少なくとも大半のアメリカ人は日本の占領は大成功だったと信じている。だからアメリカは、イラクでも同じことをしようとしました。しかし、イラクはますます混乱することになりました。日本とイラクでなぜ違った結果になったのか。日本の場合は国民の中心となる天皇陛下がおられたから、混乱が続くこともなく、すぐに復興できたのです。

連合国軍最高司令官のダグラス・マッカーサー元帥《げんすい》も、それをよく理解していました。

連合国側には「天皇陛下を処刑すべきだ」と考える人が少なくなかったのですが、マッカーサーはそれを阻止《そし》したのです。また、日本では評判がいいとは言えないハリー・S・トルーマン大統領も、マッカーサーと同じ考えを持っていました。余談ですが、トルーマンは終戦時のアメリカ大統領ですが、彼が対日関係を悪化させたわけではありません。すべてはその前のフランクリン・ルーズベルトの策略でした。原爆投下に関しても、ルーズベルトの時代に開発が始まり、完成したら日本に投下することはすでに決まっていて、トルーマンはそれを阻止できなかっただけなのです。

とにかく日本は、天皇陛下を中心に一つにまとまり、だからこそ、戦後に目覚ましい発展を遂げることができました。

百田　確かにその通りですが、しかし同時に、戦後、日本人は誇りを失ってしまいました。とても悲しいことです。

ケント　戦後の日本では、学校から『古事記《こじき》』や『日本書紀《にほんしょき》』に伝わる神話や皇室の歴史の教育を排除して、民族として誇りを持たせることをわざと避《さ》けている。それが大問題です。百田さんが言われたように、外国人が増えたらどんどんバラバラになってしまいます。

百　田　皇室は世界的に見ても希有《けう》な存在です。天皇陛下が日本におられることが、どれだけ偉大かということは、実は多くの日本人がわかっていません。世界を見渡せば武力で統治した王様がたくさんいました。ところが歴代の天皇陛下は、千数百年の間にわたって力で統治されてきたわけではないのです。

鎌倉幕府《かまくらばくふ》、足利幕府《あしかが》、江戸幕府《えど》と、いろいろな武家集団が権力者として日本を統治してきました。しかし、歴代幕府も天皇陛下には頭が上がりませんでした。天皇陛下が日本国民の心を一つにされているという、不文律がずっとあったからです。

ケント　そうなんですよね。だから日本人ならそれを理解していないといけない。

アメリカでは、外国人が帰化する場合、アメリカの歴史を勉強しなければならないし、試験もあります。そしてもちろん、アメリカに忠誠を誓わなければなりません。ですから、アメリカという国がどういうものであるかということを理解することになります。しかし、日本はそうではありません。やはり天皇陛下がおられ、国民が一つになっている。それを外国人が理解するのは難しい。

だからこれから人口が減り、労働力が足《た》りなくなるからといって、安易に外国人を入れようとするのは危険極まりない。日本の国体を理解できない外国人が、好き勝手なことをやるようになったら、もう日本はおしまいです。だからこそ、いまのうちから日本人にしっかりとした教育を与える。そうすれば、グローバルな時代に日本はどうあるべきなのか、日本人自身がよく考えるようになると思います。

いまこそ、国体とは何なのかを改めて考え直し、かつての姿を取り戻すときです。

百　田　そうですね。幕末の頃から明治にかけての日本人は、本当に強い国家意識を持っていた。それを取り戻さなくてはなりません。

日本を蝕《むしば》む「反日・反祖国」日本人

百　田　自分で言うのは気が引けるのですが、ある方からこう言われたことがあります。「百田さんは左派メディアに叩かれている。ストレートな言動に原因があるかと言えば、必ずしもそれだけではないと思います。では、なぜ叩くのかと言えば、左派メディアや、日本解体を望む勢力にとって厄介な存在だからです。なぜなら百田さんは『永遠《えいえん》の0《ゼロ》』（太田出版）や『海賊《かいぞく》とよばれた男《おとこ》』（講談社）を書いた。これらの作品が多くの日本人の目を覚ました。『自分たちは誇り高い日本人だ』ということを思い起こさせた。だから左翼たちは百田さんを消してしまいたいのでしょう」

ケント　それは間違いないですね。左翼の連中はビビっているのですよ。ただ、まだ保守派より強い勢力です。それに日本の左翼はアメリカのリベラルと比べても、反国家の色が強すぎます。はっきり言って反日勢力以外の何者でもない。ときには中国や韓国よりも反日なのではないかと感じるくらいです。

百　田　そうなのです。「週刊新潮」二〇〇五年一〇月一三日号の記事によれば、衆議院議員の辻元清美《つじもときよみ》氏はあるイベントに参加した際に〈国会議員っていうのは、国民の生命財産を守るとか言われてるけど、私はそんなつもりでなってへん。私は国家の枠《わく》をいかに崩壊させるかっていう役割の国壊議員や！〉と言ったそうです。国会議員がこんな発言をしているのです。

ケント　壊すのは国家じゃなくて、自分の間違った価値観にしてほしいですね。

百田　民主党政権時代、鳩山由紀夫首相（当時）は「日本列島は日本人だけのものではない」と言いました。首相自らが、日本列島は外国人のものでもあると発言したのです。

ケント　日本の自称リベラルには、本当にろくな人がいませんね。日本列島が日本人のものじゃないなら、いったい誰のものなのか、説明してもらいたい。

百田　辻元氏も鳩山氏も感覚が麻痺《まひ》していて、ヒューマニズムやグローバリズムは、国家意識と対立するものだと勘違いしてるのです。しかし、両者は決して対立するものではありません。まずは国家意識をしっかり持つことが大切です。国家意識をしっかり持たない人間にグローバリズムなどありません。

ケント　ここまで自国を貶《おとし》める国民がたくさんいるのは、日本くらいなものですよ。

百田　恥ずかしい話ですが、日本だけだと思います。しかも、国会にもいるし、メディアの中にもうじゃうじゃいる。

ケント　反政府、反権力と言うのはわかるけど、反日、反祖国だから意味がわからない。

百田　ケントさんからすると、不思議に見えるでしょう。

ケント　不思議です。ＷＧＩＰに洗脳された状態がずっと続いている。これはまずいですよ。

自衛隊をリスペクトしない日本人

百　田　洗脳がどれだけ深かったか。あらためてマッカーサーはすごいことをやったと思います。

普通は洗脳というものは徐々に解けていきます。ところが、ＷＧＩＰの洗脳はどんどん深くなっています。例えば首相の靖国参拝について、「靖国にはＡ級戦犯を祀《まつ》っているから駄目だ」と言う阿呆な日本人がいっぱいいます。

日本は一九五二年にサンフランシスコ講和条約を結んで主権を回復しました。直後に日本は、東京裁判のいわゆる「戦犯」の赦免《しやめん》運動を行ないました。いまでは考えられないことですが、当時の日本弁護士連合会（日弁連）までこれに賛同しました。

ケント　日弁連は国連などの場で日本を貶める活動をしています。そんな日弁連まで「戦犯」の赦免運動に賛同しただなんて、信じられませんね。

百　田　それから国会議員、そして多くの国民も賛同して署名《しよめい》を集めました。その結果、のべ四〇〇〇万筆もの署名が集まったのです。当時の日本の人口は約八〇〇〇万人あまりですから、国民の半分が署名したということです。しかも子供を除《のぞ》けば、成人の大半が署名したのです。

当時は戦争経験者がたくさんいました。その世代は、それほどWGIPに洗脳されませんでした。東京裁判は、日本にすべての責任を押しつけようと連合国が行なったものであると、みんなわかっていました。国民の多くが、A級戦犯の人たちは、GHQに罪をなすりつけられたということを知っていたのです。だからこそ、四〇〇〇万人の人が赦免願いの署名をしました。

ところが、時が流れて戦争を知る世代の方々が亡くなっていきました。すると、跡《あと》を引き継いだのは戦争を知らない世代で、WGIPや自虐史観教育にどっぷりと浸《つか》かった人々です。これがいまだに続いている。要するに、GHQのWGIPの洗脳を受けたのは、戦後に生まれた子供たちなのです。

ケント　なんとかしないと……。

百田　先ほどの話ですが、天皇陛下は日本の中心であられました。しかし、武に関しては武将たちに任《まか》せてきた歴史があります。以来、日本では武を軽蔑する面が少しありました。貴族たちは「自分たちは武人《ぶじん》とは違う、もっと高尚《こうしよう》な人間だ」と考えていました。幕府を開くのは征夷大将軍《せいいたいしようぐん》です。征夷大将軍というのは一つの位で、武家で最も高い位なのですが、それでも太政大臣や右大臣・左大臣などと比べるとだいぶ下の位です。

つまり、日本では伝統的に武が軽く見られていた。それに加えて、大東亜戦争で敗戦すると、東京裁判で多くの軍人が「悪いことをした」ということで処刑されてしまいました。

WGIPを受けた戦後の子供たちは、それを見て、武人や軍人はよくない人々だ、という感情をより強くしてしまいました。その延長線上で、自衛隊の存在すら快《こころよ》く思わない日本人が多くいるわけです。

ケント　前に自衛隊を「暴力装置」と言った官房長官もいましたね。

百　田　政治家ですらそういうことを平気で言うのです。人殺しだと言う人までいます。

でも、自衛隊は誰も殺していません。それどころか、災害救助などで多くの人命を救っています。世界で最も多くの命を救った軍隊です。軍隊と言うと怒られますが。

世界のどこの国でも、軍人に対するリスペクトがあります。いざとなれば、彼らが命を懸《か》けて自分たちを守ってくれるからです。しかし悲しいことに、日本人の多くが自衛隊に対するリスペクトの気持ちを持っていません。共産党などは自衛隊を蛇蝎《だかつ》のように嫌っています。

ケント　少しずつ日本人が変わってくれないと困りますね。このままでは、日本は消滅してしまうかもしれない。日本人が日本という国家を意識して、それを守るために何が必要なのかを真剣に考える。先人たちはそれができたのだから、いまの日本人も必ずできます。

「沈黙は金《きん》」は海外では通用しない。世界に向けてどんどん発信を

ケント　とにかく問題山積の日本ですが、悲観している場合ではありません。日本には素晴らしい人材、技術、そして誇るべき歴史があります。日本人がその気になれば、なんにだって打ち勝てます。日本に四二年もいる私が言うのだから間違いありません。

その第一歩として、政権を担う人たちに期待したいことがあります。それは外交の場できちんと日本側の主張をするということです。安倍首相は歴代の首相に比べると、頑張って言うべきことを言っていますが、それでもまだまだ足りない。戦後の日本は主張が少なく、そのため常に不利な立場に追いやられてきました。政治家がきちんと主張するだけ

で、日本が置かれる状況は劇的に変わるのです。もし、中国がいわゆる「南京事件」のことを言及してきたら、「中国は現在もチベットやウイグルの人々を虐殺しているではないか」と言ってやればいいのです。法輪功《ほうりんこう》学習者の臓器狩りについても、どうなっているのか習近平に質問すればいい。

百　田　確かにいままでは防戦一方でした。逆に攻めるくらいの姿勢があっていい。

二〇一九年八月、日本は韓国をいわゆるホワイト国から除外しましたが、これはもしかすると、一九六五年の日韓基本条約以来初めての韓国への攻撃と言えるかもしれません。実際は韓国が貿易協定を守らないから優遇措置を外しただけなのですが、これまで日本政府は韓国が要求するものはほとんど呑《の》む一方、嫌がることは一切しないという方針だったのを考えると、今回の決定は画期的なものだったと言えます。

ケント　インターネットの登場により、ブログやツイッターを使って国民に直接メッセージを伝える政治家が増えています。トランプ大統領もその一人です。安倍首相もフェイスブックをやっているし、ツイッターも再開しました。トランプ大統領がツイッターでメディアを批判しているように、安倍首相もそれをしたら面白いと思います。

百　田　それはいいアイデアです。日本人は昔から「沈黙は金」みたいな美学があって、正しいことさえしていれば、何も言わなくてもわかってもらえると思いがちですが、そんなものは世界では通用しません。ツイッターでもなんでも使って、どんどん発信していくべきです。

ケント　そうですよね。国益のためにも、日本を貶めようとする勢力を潰《つぶ》すためにも、どんどんメッセージを発信してもらいたい。

それから英語での情報発信をもっと増やすべきです。日本語のメッセージだけだと、国際社会には何も伝わりません。慰安婦問題が「セックス・スレイブ」（性奴隷）として世界に広まってしまったことからもわかるように、情報戦は海外に向けて情報を発信したほうが勝つのです。現に中国や韓国はそれを実践しています。だからこそ、日本もどんどん英語で情報を拡散するべきなのです。ちなみに、英語、フランス語、スペイン語で日本政府が発行している「We Are Tomodachi」という機関誌は、毎回素晴らしい仕上がりになっています。二〇一九年夏号はネットで見ることができます（https://www.japan.go.jp/tomodachi/2019/summer2019/）。

百　田　現在の日本はやらなくてはならないことがたくさんありますね。

いまが正念場《しょうねんば》！　憲法改正、待ったなしの状況

ケント　今回の対談で、私たちは日本の問題点を挙《あ》げてきました。日本を取り戻すためにも、メディアと教育を変えなければならないことは、散々述べてきました。あと一つ、絶対に変えなくてはならないものがありますね。

百　田　ずばり、日本国憲法です。

ケント　そう。憲法九条を改正しない限り、中国も北朝鮮も日本に恐怖を感じません。いまは在日米軍がいるから、容易に日本を攻めることはできませんが、この状況は「日本は国防を他国に委《ゆだ》ねる情けない国だ」と舐《な》められる原因にもなっています。中国や北朝鮮に限った話ではなく、他の国もやはり、日本をそう評価してしまいます。

だからこそ、日本を日本人自身が守る確固とした防衛体制を作り、国際的に「普通の国」になる必要があります。ただそんなことをしたら、左派メディアや護憲派の連中は「安倍首相は戦争をするつもりだ」というレッテルを貼って、対抗してくるでしょう。

百　田　メディアはすでに安倍政権を潰しにかかってきています。

「安倍政権で戦争が始まる」というような訳のわからない主張は、もういい加減にしても

らいたい。拙著『戦争と平和』でも書きましたが、日本はどこと戦争するというのか。戦争をして誰が得をするというのでしょうか。人は大勢死ぬし、経済はガタガタになる。例えば核を持っている中国やロシアに戦争を仕掛けるメリットはあるのでしょうか。仮に日本が自国よりも弱い国と戦争して勝ったとしても、世界は激怒して、日本に凄《すさ》まじい圧力をかけてくるでしょう。そうしたら、石油も鉄も食料も何も入ってこなくなり、日本は滅《ほろ》びます。

ケント 普通に考えても、日本が戦争して得するようなシナリオは考えられないですよね。それから左翼は「アメリカの戦争に巻き込まれる」と言っていますが、それはまったく関係ない。日本の国益に適《かな》うなら協力すればいいし、そうでないなら関わらなければいい。むしろ、国防をアメリカに委ねている現状こそ、アメリカに頭が上がらず、アメリカの戦争に巻き込まれる可能性が高いですよ。完全な独立国家に生まれ変わったら、いちいちアメリカの要望に応《こた》える必要はなくなるはずです。そんなことは小学生でもわかる話です。

百田 現実に、アメリカと同盟を結んでいるからといって、すべての国がアメリカの戦争に加担しているわけではありませんからね。

ケント　先ほども述べましたが、安倍首相は二〇一七年五月三日、憲法九条に自衛隊の存在を明記した条文を追加する憲法改正を行ない、東京オリンピックが開催される二〇二〇年は新しい憲法が施行される年にしたいと述べました。

百　田　だからメディアは安倍政権を潰しにきている。連日連夜、森友、加計などのフェイクニュースを垂れ流し、安倍政権を倒すためにむちゃくちゃやっています。安倍政権も国会の議題に憲法改正を挙げにくくなってしまいました。でも、やらんとあかん。

ケント　国民がフェイクニュースに騙《だま》されないよう、私たちもキャンペーンを張っていきましょう。

百　田　いまが正念場です。あまり時間も残されていません。

ケント　そう。正念場です。

百　田　ところが安倍政権は衆参両院でいつでも憲法改正発議ができる状態であったにもかかわらず、何もせずに時間を過ごし、ついに二〇一九年七月の参院選で改憲に必要な三分の二の議席を割ってしまいました。

　私から見てると、何をやってるんだ！　という気持ちです。もちろんいろいろと事情はあるのでしょうが、もうあまり猶予はないのです。

やっぱりすごいぞ、日本人！

百　田　日本の問題点ばかり挙げてきましたが、最後に日本人の自慢をさせてください。

二〇〇〇年以上、日本は鎖国していました。江戸時代の日本人は、精神や文化のレベルが非常に高かった。しかし、科学技術は西洋からだいぶ後れをとっていました。例えば最先端のテクノロジーだった蒸気機関が、当時の日本にはなかった。

ところが大政奉還《たいせいほうかん》を経て明治になると、日本は凄まじい発展を遂げました。明治二年（一八六九年）の段階ではまだ戊辰《ぼしん》戦争をしていたのですが、その三年後の明治五年には、新橋《しんばし》・横浜《よこはま》間に鉄道を完成させたのです。幕末には蒸気機関の存在すら知らなかった人たちが、あっという間に汽車を作ってしまった。

ケント　それはすごいことです。

百　田　一八五三年にマシュー・ペリー率《ひき》いる黒船が浦賀《うらが》に来ると、当時の日本人は「西洋文明はすごい。日本人はこのままではいかん」と考えた。そして多くの若者が西欧に渡り勉強をしたのです。当時は辞書などなく、外国語を教えてくれる先生もいなかった。だから言葉もわからない状態で欧米に渡り、必死になって勉強をして、科学技術を修得していったのです。

東京帝国大学は明治一〇年に開校しました。その直後に入学した学生たちは、みんな江戸生まれです。教授陣となると、科学技術とはほど遠い暮らしをしていた人たちです。

フランスに留学していた古市公威《ふるいちこうい》という人物は、毎日勉強ばかりしていたため、病気で倒れました。それで下宿先の女主人が休むように言ったそうです。しかし、古市は以下のように答えたのです。

「私が一日休むと、日本が一日遅れます」

そうやって欧米で勉強して、帰国後は日本の発展のために尽力《じんりょく》しました。明治五年には富岡製糸場《とみおかせいしじょう》ができ、一九年には釜石鉱山田中製鉄所《かまいしこうざんたなかせいてつしょ》（現在の日本製鉄釜石製鉄所）もできています。ついこの前までは刀を持った侍が歩いていた国だったのに、一気に近代化したのです。

ケント　凄まじいスピードで発展しました。

百　田　なぜ当時の日本人がこれほどまでに頑張ったのか。お金持ちになりたかったわけではありません。日本をなんとかしないと欧米に飲み込まれてしまう、欧米の植民地にされてしまう、それを避けるためには、日本が強い国にならなければならないという思いから、当時の日本人は必死になって勉強したのです。

こうやって日本の歴史や先人の功績を振り返ると、日本人とはなんと偉大な民族であったかと痛感します。

ケント　そのような日本人が多くいたのは、やはり江戸時代の教育が素晴らしかったからでしょう。識字率《しきじりつ》も世界一でした。

百田　江戸時代には現在のような学校はありませんでした。ところが国民は個々に学んでいました。一六〇〇年代に執筆された『塵劫記《じんこうき》』という算術書があります。この本には、いまの高校で教えるレベルの数学が書かれています。かなり難しい三角関数なども載《の》っているのですが、この本が当時は江戸の庶民《しょみん》の間では、一家に一冊あったというのだから驚きです。もちろん、当時の日本人は受験や就職のために読んでいたわけではありません。好奇心で読んだのです。

ケント　江戸時代の人がいかに知的だったかがわかりますね。

百田　古い神社には算額《さんがく》が飾《かざ》ってあります。算額とは木の板や絵馬《えま》に、自分が考えた算術の問題を彫《ほ》ったものですが、これがかなり難解なのです。当時の日本人は神社にお参りに行って算額を見つけると、「面白い問題やな」と解いていたのだそうです。

ケント　日本人が「受験」のための勉強、言いかえれば「学歴」や「資格」のための勉強ばかり重視するようになったせいで、知的好奇心のレベルが落ちたのかもしれませんね。それどころか大学教授の多くに知的好奇心が感じられない。学者とは呼べませんよ。

百　田　先ほどの蒸気機関の話に戻りますが、幕末に黒船など欧米の蒸気船が日本に来るようになり、当時の日本人は初めて最先端のテクノロジーを目《ま》の当たりにしました。それ以前に西洋の船はアジア諸国に行っているわけです。しかし、どの国の人々も巨大な船にビビってしまったり、あるいは関心を示さなかった。ところが日本人は違いました。「蒸気機関ってすごいな。なんじゃこれ、火を焚《た》いて石炭《せきたん》をくべて……。蒸気で巨大なものが動く。ほう、それじゃ作ってみよう」と言って、すぐに同じ物を作ってしまった。日本人ってやっぱりすごい。こういう民族なのです。

一九〇一年の第一回ノーベル生理学・医学賞は、ドイツのエミール・アドルフ・フォン・ベーリングが受賞しました。しかし、本当は医学者の北里柴三郎《きたさとしばさぶろう》が受賞するはずでした。業績は圧倒的に上でしたからね。ところが、人種差別的な理由から獲《と》れなかったのです。一八六八年に明治となり、そのわずか三三年後には、第一回ノーベル賞候補の学者まで出している。あっという間に西洋に追いついたのです。

実は北里以外にも、世界で初めてアドレナリン結晶抽出に成功した高峰譲吉《たかみねじようきち》、同じく世界で初めてビタミンB_1の抽出に成功した鈴木梅太郎《すずきうめたろう》も、本来ならノーベル賞受賞です。鈴木をのぞく二人は、江戸時代の生まれで、義務教育もなかった時代に育っています。

ただ、こうやって話しながら情けなくなってくるのは、いまの日本人には、当時の日本人のような気概《きがい》が失われているということです。

かつての日本人が立ち向かったように、最大の不平等条約「日本国憲法」を解消せよ

ケント　当時の日本人が頑張れた理由の一つとして、日米和親条約など欧米列強と結ばされた不平等条約を解消したいという気持ちが強かったのだと思います。不平等条約を解消して、初めて欧米と対等な国になるわけですからね。

百　田　まさにそうですね。多くの日本人が知らないうちに欧米と不平等条約が結ばれて、関税の自主権がなく、治外法権の承認などを押しつけられた。しかし徐々に日本人は、これはひどい条約だということがわかり、この条約を覆《くつがえ》すために、伊藤博文内閣で

外務大臣を務《つと》めた陸奥宗光《むつむねみつ》は、不平等条約の改正に尽力しました。そして日露戦争の勝利などを経て、とうとう日本は不平等条約を解消しました。

ケント　話を現代に戻すと、現在、日本には一つ、不平等なものがあります。それはアメリカに押しつけられた日本国憲法ですよ。これは現代の不平等条約だとは思いませんか？

百　田　その通りです。日本国憲法こそは、歴史上、最も大きな不平等条約と言えます。それが七〇年以上経って、中国や北朝鮮の脅威にも立ち向かえなくなっています。永久に日本がアメリカに立ち向かえないようにしてしまったのですから。

ケント　かつての日本人が立ち向かったように、いま一度、日本国憲法という不平等条約を解消するのだと、強い志《こころざし》を持って立ち向かってもらいたい。いまの日本人には、そのモチベーションはありませんか？

百　田　これまでは「憲法は改正したらあかん」という逆のモチベーションのほうが高かった。

ケント　ありがたいものだと勘違いしている人がまだまだ多くいます。

百　田　しかし、かつての日本人が不平等条約がひどいものだと気づいたように、日本国憲法がおかしなものであると気がつく日本人が徐々に増えています。

ケント　中国が日本を狙い、北朝鮮がミサイルを打ち上げるいま、日本は危機的状況であると同時に、強い日本を取り戻すチャンスでもあります。いま立ち上がらなくていつ立ち上がるのか。

私は日本を愛するアメリカ人として、強い日本に生まれ変わるその瞬間を、必ず見届けたいと思っています。

新書版あとがき

ケント・ギルバート

出版不況といわれて久しいですが、それでも日本では年間約八万点の書籍が出版されています。一年三六五日で単純に割ると毎日二二〇点です。だから売れない本はすぐ店頭から撤去され、版元に返品されます。この厳しい環境と競争の中、発行部数一万部を「ベストセラー」と呼ぶ時代に、小説だろうとエッセイだろうと、一〇万部をはるかに超える大ベストセラーを連発する稀有《けう》な作家が、今回対談させていただいた百田尚樹さんです。

二〇〇六年出版のデビュー作『永遠の0《ゼロ》』は累計四八〇万部、さらに二〇一二年出版の『海賊とよばれた男』も、上下巻累計四四〇万部を超えるミリオンセラーとなり、二作品とも映画化されてヒットしました。NHKの経営委員を務《つと》めた経験もお持ちです。DHCテレビ「真相深入り！　虎《とら》ノ門《もん》ニュース」では、毎週火曜日朝八時から世界の世相を真正面からズバッと斬りまくり、地上波テレビのキー局が動向を意識せざるを得ない「放送法遵守《じゅんしゅ》を求める視聴者の会」の代表理事にも就任しました。いまや百田尚樹さんは、ノーベル文学賞の受賞者や候補者を凌駕《りようが》するほどの社会的影響力を持った大作家です。

百田さんの著作は、戦後教育の影響で精神的に萎縮《いしゆく》した日本人に、勇気と誇りを与えてくれます。読書家で知られる将棋の藤井聡太《ふじいそうた》七段も、愛読書ベスト3の筆頭に『海賊とよばれた男』を挙げたことがあります。私が特に素晴らしいと思うのは、二〇一八年の一一月に出版された百田さんの大作『日本国紀』（幻冬舎）です。私も読みましたが、日本の素晴らしい文化を改めて認識させて、日本に誇りを持たせる荘厳な作品です。歴史の本としては珍しく、とっても読みやすいので、すでに六五万部も発行されています。

そもそも祖国や民族、文化や言語など、自分の属性に愛着と誇りを感じることは、人間が幸福な人生を歩む上での第一歩であり、健全な人格を形成するための精神的基礎となります。そして本文に詳細があるとおり、戦後の日本と日本人の幸福を精神面から破壊しようと試みたのが、GHQ（連合国軍最高司令官総司令部）が施《ほどこ》した占領政策「WGIP」（ウォー・ギルト・インフォメーション・プログラム）なのです。

愛国心を否定したり、戦力の放棄をうたう憲法九条二項を死守しようとする人たちは、WGIPによって日本国民としての精神的基礎を破壊された被害者なのですが、本人たちがこの呪縛《じゅばく》に気づかないと誰も救えません。百田さんと私は、二一世紀の日本と日本人を、WGIPの呪縛から解き放つ活動を、日本人とアメリカ人という両サイドの立場から行なっています。ですから私もできるだけ多くの書籍や資料を読んで自分の知識を増やし、様々な事実を追求したり、知られざる事実の発掘に努めているつもりです。しかし、今回の対談を通じて、百田さんの勉強熱心さと博識ぶりには、改めて感心しました。

歯に衣《きぬ》着せぬ物言いと、その大胆な発言をマスコミが偏向報道するせいで、百田さんのことを「極右」だと誤解している人も多いと思います。しかし、百田さんはおそらく私と同じで、「保守とリベラル」「右翼と左翼」「親米と反米」「反中韓と親中韓」「反戦と好戦」などの、イデオロギー的な対立には興味がないと思います。基本的には「事実」を重視したいだけなのだと思います。

私の場合、「日本を贔屓《ひいき》しすぎて祖国アメリカを裏切ったとは思わないのか!」などと言われることがあります。これは完全な勘違いです。私はただ、主張が対立している問題について、客観的事実と双方の主張を調べた上で、自分の頭で判断して結論を出したいだけなのです。出した結論が日本寄りだろうとアメリカ寄りだろうと、その結果は重要ではありません。裁判官が、事実と証拠と心証を、法律と判例に当てはめて、原告勝訴か被告勝訴かを決める作業と同じなのです。何が何でも日本を擁護《ようご》する「極右的な思考回路」が初めにあるわけではありません。

このような考え方ですから、厳然たる客観的事実を無視することが、百田さんや私にとって最も許せない行為なのです。それを平然と行なう組織や人物、国や民族のことを、本書では厳しく批判していますし、今後も態度を改めない限り、追及を続けたいと考えています。

安倍晋三首相が憲法九条改正の意向を明言した後の、朝日新聞や毎日新聞、TBSやテレビ朝日、さらに公共放送であるはずのNHKの偏向ぶりは異常でした。北朝鮮で六回目の核実験が強行され、ミサイルが日本領土上空を通過しても、安倍首相が森友学園や加計学園に便宜《べんぎ》を図《はか》ったかのような「冤罪《えんざい》」を延々と垂れ流していました。日本の大手マスコミには「何が何でも日本を批判する反日的な思考回路」を持った職員や外注先が確実に存在します。経営者もそれを放置しています。アメリカのCNNなども同じです。その被害を受けるのは国民です。日米両国のメディアが、民主主義国家に必要不可欠な国民の「知る権利」を無視した行動を続けているのです。

ところが、二〇一七年一一月にこの本を緊急出版してから二年たち、その二年の間に元号も変わり、日本を取り巻く環境が大きく変わりました。そのため、今回改めて新書で出すにあたり、現状について私たちの考えを加筆いたしました。私が特に注目していただきたいのは、日本の外交姿勢の進歩です。

まず、安倍総理大臣とトランプ大統領は、より緊密な信頼関係を確立しています。私は二〇一九年五月に安倍総理大臣にお会いしましたが、そのときに安倍首相はこのように話しました。「トランプ大統領とは何度も会談を重ねてきました。たわいない雑談もあれば、時には貿易問題について厳しい意見交換もある。トランプ大統領はものわかりの良い人物で、理屈が通っていれば、私の反論にも素直に耳を傾けます。数字の誤りを指摘しても、素直に間違いを認めてくれるんです。」（W・i・L・L二〇一九年七月号）

二〇一九年五月二六日のジャパンタイムズは以下の報道をしています。Abe is now widely seen as one of the only ― if not the only ― foreign leaders who can speak comfortably with Trump.（今や安倍首相は、トランプ大統領と気軽に率直に話すことができる数少ない、もしくは唯一の外国の指導者だと幅広く認められています。）

お陰様で、国際社会において日本に対する期待が高くなっています。私が最近書いた本『世界は強い日本を望んでいる』(ワニブックス)を購入した人の報告を引用します。「私が日頃、発信していることが書かれていそうなこの本を中身も読まずに一昨日、紀伊國屋書店で買いました。翌日、シンガポールから来日中のインド人社長にこの本を見せ、タイトルを説明したら、I agree 101% と言いました」

米中貿易戦争(関税をかける方針)を始める前に、トランプ大統領は日本に対する影響に関して安倍首相と相談しました。それから、日本が打ち出したビジョン「自由で開かれたインド太平洋」構想は、いまや米国の目標にもなっている。ほかにも、国連制裁をかいくぐる北朝鮮の瀬取《せど》り対策は日本が主導したものですが、いまや米国、豪州や英国、カナダ、フランスも参加しています。

最近では、アメリカとイランとの間の仲介活動をアメリカもイランも高く評価しています。

もう一つ私が注目している進歩は、日本が自国の国益を堂々と主張し始めたことです。外交の基本中の基本ですが、今までいろいろな理由で日本の考え方を明確に国際社会に訴えてきませんでした。そのため、誤解されたり、損をしたりしてきました。しかし、最近は、特に中国、北朝鮮、韓国に対して、遠慮しなくなっています。例えば、河野太郎外務大臣が書いたブルームバーグ配信のオピニオンコラムが、二〇一九年九月八日のジャパンタイムズの電子版に載っています。全世界に対して、はっきりと日韓関係の問題点を整理したものです。お見事な分析です。当たり前の話ですが、国際的な信頼を得るためには、国益を堂々と主張する必要があります。その作業は誰も代わりに行なってくれません。

人間の身体は日々の食事を材料に作られますが、人格や性格は、遺伝子と脳内情報を材料につくられます。ところで、私たち現代人の脳内にある情報の大部分は、実体験で得た「一次情報」ではありません。自分以外の誰かが発した情報を取り入れた「二次情報」が大半なのです。文明が進化すればするほど、脳内にある情報量は増加し、二次情報の割合も高まっています。その影響を受けて人格や行動パターンが形成されていきます。

二次情報の入手経路を思い出してください。両親や兄弟、学校の先生や友人が発した言葉から始まり、すぐに、テレビの映像やラジオの音声、新聞や書籍、雑誌などの画像や文字、最近はパソコンやスマホなどのネット情報やゲームからも、大量の二次情報が脳内に流れ込んでいます。ですから、二次情報を国民に提供するマスコミと教育機関を支配すると、その国の国民は意外と簡単に支配できます。
ＧＨＱはＷＧＩＰによって、このような日本国民支配を実現させたのです。インターネットが発達する以前の日本国民の大半が、自虐史観教育とプレスコードを遵守するマスコミの力で、「無自覚サヨク」に染められていた事実が何よりの証拠です。占領終了後、いつの間にか支配者はＧＨＱから、国内左翼勢力や中国、韓国に代わっていったのです。

さて、百田尚樹さんの小説の中で、二〇一七年文庫化された『カエルの楽園』は、これまでの路線とは異なるファンタジー仕立ての寓話《ぐうわ》小説ですが、これまた累計部数五四万部を超えています。本文で少しネタバレしましたが、未読の方は絶対に読んでください。一つの国や地域にずっと住んでいると、比較対象を持てません。すると人間は自分の常識を絶対的なものと考えるようになります。まさに「井の中の蛙《かわず》」になるのです。「憲法九条が日本を守った」という、冷静に考えれば誰でも簡単に見破れる嘘が、堂々と常識化しています。何か変だと気づいても、言い出すことがタブーになっていたりします。そのような危険性を、寓話という方法で見事に描き出した百田さんの発想力と表現力には脱帽です。

今回の書籍では、フリーライターの仙波晃《せんばあきら》さんと祥伝社新書編集部の方々に大変お世話になりました。彼らの尽力のおかげで、本書を無事に出版できました。末筆になりましたが、心から御礼を申し上げます。

令和元年九月

切りとり線

★読者のみなさまにお願い

この本をお読みになって、どんな感想をお持ちでしょうか。祥伝社のホームページから書評をお送りいただけたら、ありがたく存じます。今後の企画の参考にさせていただきます。また、次ページの原稿用紙を切り取り、左記まで郵送していただいても結構です。

お寄せいただいた書評は、ご了解のうえ新聞・雑誌などを通じて紹介させていただくこともあります。採用の場合は、特製図書カードを差しあげます。

なお、ご記入いただいたお名前、ご住所、ご連絡先等は、書評紹介の事前了解、謝礼のお届け以外の目的で利用することはありません。また、それらの情報を6カ月を越えて保管することもありません。

〒101-8701（お手紙は郵便番号だけで届きます）
祥伝社新書編集部
電話03（3265）2310
祥伝社ホームページ　http://www.shodensha.co.jp/bookreview/

★本書の購入動機（新聞名か雑誌名、あるいは○をつけてください）

＿＿＿新聞の広告を見て	＿＿＿誌の広告を見て	＿＿＿新聞の書評を見て	＿＿＿誌の書評を見て	書店で見かけて	知人のすすめで

★100字書評……いい加減に目を覚まさんかい、日本人！

名前

住所

年齢

職業

百田尚樹　ひゃくた・なおき

1956年、大阪府生まれ。同志社大学中退。「探偵！ナイトスクープ」などの人気番組の構成作家として活躍。2006年、『永遠の０』（太田出版）で作家デビュー。著書に『海賊とよばれた男』（第10回本屋大賞受賞・講談社）、『今こそ、韓国に謝ろう』（飛鳥新社）、『日本国紀』（幻冬舎）、『幸福な生活』（祥伝社）など。

ケント・ギルバート　Kent Gilbert

1952年、アメリカ合衆国ユタ州出身。70年、ブリガムヤング大学入学。翌年、初来日。80年、経営学修士号と法務博士号、カリフォルニア州弁護士資格を取得後、国際法律事務所に就職して東京へ赴任。83年、クイズ番組に出演して一躍人気タレントへ。著書に『天皇という「世界の奇跡」を持つ日本』（徳間書店）など。

いい加減《かげん》に目《め》を覚《さ》まさんかい、日本人《にっぽんじん》！

百田尚樹《ひゃくたなおき》　ケント・ギルバート

2019年10月10日　初版第１刷発行

発行者……………辻 浩明
発行所……………祥伝社《しょうでんしゃ》
〒101-8701　東京都千代田区神田神保町3-3
電話　03(3265)2081(販売部)
電話　03(3265)2310(編集部)
電話　03(3265)3622(業務部)
ホームページ　http://www.shodensha.co.jp/

装丁者……………盛川和洋
印刷所……………堀内印刷
製本所……………ナショナル製本

Printed in Japan　ISBN978-4-396-11587-6　C0230

〈祥伝社新書〉
歴史に学ぶ

578
世界から戦争がなくならない本当の理由
戦後74年――なぜ「過ち」を繰り返すのか。答えは歴史が教えてくれます
ジャーナリスト 名城大学教授
池上　彰

361
国家とエネルギーと戦争
日本はふたたび道を誤るのか。深い洞察から書かれた、警世の書
上智大学名誉教授
渡部昇一

379
国家の盛衰
3000年の歴史に学ぶ
覇権国家の興隆と衰退から、国家が生き残るための教訓を導き出す！
東京大学名誉教授
本村凌二
渡部昇一

541
日本の崩壊
日本政治史と古代ローマ史の泰斗が、この国の未来について語り尽くす
東京大学名誉教授
御厨　貴
本村凌二

570
資本主義と民主主義の終焉
平成の政治と経済を読み解く
歴史的に未知の領域に入ろうとしている現在の日本。両名の主張に刮目《かつもく》せよ
法政大学教授
水野和夫
法政大学教授
山口二郎

〈祥伝社新書〉
歴史に学ぶ

545
日本史のミカタ
「こんな見方があったのか。まったく違う日本史に興奮した」林修氏推薦

国際日本文化研究センター教授 井上章一
東京大学史料編纂所教授 本郷和人

392
海戦史に学ぶ
名著復刊！　幕末から太平洋戦争までの日本の海戦などから、歴史の教訓を得る

元・防衛大学校教授 野村 實《みのる》

351
英国人記者が見た 連合国戦勝史観の虚妄
滞日50年のジャーナリストは、なぜ歴史観を変えたのか。画期的な戦後論の誕生！

ジャーナリスト ヘンリー・S・ストークス

366
はじめて読む人のローマ史1200年
建国から西ローマ帝国の滅亡まで、この1冊でわかる！

本村凌二

463
ローマ帝国 人物列伝
賢帝、愚帝、医学者、宗教家など32人の生涯でたどるローマ史1200年

本村凌二

〈祥伝社新書〉
昭和史

575
永田鉄山と昭和陸軍
永田ありせば、戦争は止められたか？ 遺族の声や初公開写真も収録
歴史研究者 **岩井秀一郎**

460
石原莞爾の世界戦略構想
希代の戦略家にて昭和陸軍の最重要人物、その思想と行動を徹底分析する
名古屋大学名誉教授 **川田 稔**

344
蔣介石の密使 辻政信
二〇〇五年のＣＩＡ文書公開で明らかになった驚愕《きょうがく》の真実！
近代史研究家 **渡辺 望《のぞむ》**

429
日米開戦 陸軍の勝算
「秋丸機関」の最終報告書
「秋丸機関」と呼ばれた陸軍省戦争経済研究班が出した結論とは？
昭和史研究家 **林 千《ち》勝《かつ》**

332
北海道を守った占《しゅむ》守《しゅ》島《とう》の戦い
終戦から3日後、なぜソ連は北千島に侵攻したのか？ 知られざる戦闘に迫る
自由主義史観研究会理事 **上原 卓《たかし》**